U0474001

跟着本书游天下
GenZheBenShuYouTian Xia

桨橹声中游乌镇

汪云飞◎著

来呀，跟我一起出发吧！

吉林人民出版社

图书在版编目(CIP)数据

桨橹声中游乌镇 / 汪云飞著. — 长春:吉林人民出版社,2013.12

(跟着本书游天下)

ISBN 978-7-206-10176-2

Ⅰ.①桨… Ⅱ.①汪… Ⅲ.①游记—作品集—中国—当代

Ⅳ.①I267.4

中国版本图书馆CIP数据核字(2013)第301093号

桨橹声中游乌镇

著　者:汪云飞　　封面设计:三合设计公社

责任编辑:陆　雨　韩春娇

吉林人民出版社出版 发行 长春市人民大街7548号　邮政编码:130022

印　刷:北京威远印刷有限公司

开　本:710mm×1000mm　1/16

印　张:10　　字　数:180千字

标准书号:ISBN 978-7-206-10176-2

版　次:2014年4月第1版　　印　次:2014年4月第1次印刷

印　数:1-5 000册　　定　价:26.80元

如发现印装质量问题,影响阅读,请与印刷厂联系调换。

浆橹声中游乌镇

Contents 目录

激情延安

题记：有一位伟人在我心中已仰慕许久，有一处风景因为这位伟人而变得壮丽和神秘。这次终于有机会走近这位伟人，走近这片风景……

一

从西安的北郊出发，穿过据称是古代城里人送别客人时插下的柳林，过三原、辉县、铜川朝北向上便是陕北重镇延安，也是我们此行的主题——进行革命传统教育的重点站。车子在陕北高原上行驶，一路经过黄帝陵、壶口瀑布、南泥湾、三十里铺等熟悉的地名，由于未列入此次行程安排，这些显然值得一游的地方均未前往。高速公路在洛川、富县一带，几乎都是在山巅之间穿行，看到的是一条条深涧和一座座长长的隧道。由于海拔很高，光照时间短，这里盛产的苹果远销中外。除此之外，一路上，几乎很难看到长满庄稼的开阔地，看到的是连绵不断的山的脊梁和山与山之间的沟壑。山上稀稀疏疏地长着一些抗风沙和干旱的灌木，这与我们想象的、或与一些反映大西北影视作品所表现的荒凉不一样。陕北的土壤黏性好，质地硬，适宜挖掘地窖，一路上我们看到不少窑洞。导游说，陕北过去一直很贫穷，如今，修通了高速公路，通过种植苹

果和旅游开发，老区的人民日渐富裕起来，我们听了倍感欣慰。

经过近 5 小时的行程，我们终于到达延安。这座位于一条峡谷中的城市近年来得到全国各地的对口支援，建设步伐加快，高楼大厦拔地而起，城市变化日新月异。著名的延河在城中穿行而过，由于上游修筑水库，河水很浅。延河两岸，不少建筑都具有红色的革命历史，保存得也非常完好。对于游客来说都是珍贵的和具有纪念意义的。

下车后，我们在一家规模较大、顾客云集的餐馆用餐。餐桌上我们见到的是小米饭、用红米熬成的稀粥和馒头及当地几种特色小菜。小米饭由少量的大米掺一些粟米做成，红米汤倒是清凉。不过，我们南方人吃起来，有些粗糙干涩，一时难以下咽。可就是这些对于红军战士来说简直就是美味佳肴。当年，我们崇敬的领袖就是吃着它指挥延安保卫战的。我们在和平的环境中坐在这儿品味它时，耳边仿佛传来隆隆炮声……

近年来，随着“红色游”的急剧升温，到革命圣地延安旅游的人越来越多，并由此带动了地方的特色产业的发展。猕猴桃、石榴、核桃、苹果不仅有鲜果面市，且进行了深加工，制成糕点、干果、饮料，成为精美的旅游特色产品。陕北特产“狗头枣”更是游人的抢手货，尽管价格不菲，大家还是乐于购买。当年延安地区的人民为了支援红军，保卫这支革命武装付出了太多太多……

二

毛泽东是中国人民敬仰的领袖。儿时的课本里就有《杨家岭的早晨》、《枣园》《宝塔山和延河水》等文中介绍了毛主席在延安的故事，后来看过电视剧《长征》、《井冈山》、《延安颂》后，我对这位伟人驻足了近 10 年的革命圣地产生了浓厚的兴趣，并多次萌发了到延安一游的冲动。身处江西，在没有涉足井冈山、瑞金之前，却先来到了延安，是一种幸运，也是一种惊喜。在延安，我们参观了延安革命博物馆，参观了杨家岭和枣园，并驻足延河桥，眺望课文中描述过的“巍巍宝塔山”……

杨家岭
毛泽东旧居
新闻纪念馆
中央大禮堂

一路走来，心潮澎湃。在杨家岭红军大礼堂的大厅里，我们仿佛看到红军将士们一个个端坐在长条椅上，精神饱满地参会的情景，耳边似乎回响着人民领袖毛泽东那凝重的乡音。那声音，像一声惊雷从杨家岭这条山沟里炸响，继而沿着无数条沟坎向四面八方续响。在延安文艺座谈会会场，我们似乎再次聆听到他老人家对文艺工作者的谆谆教诲。在“双百”方针和为人民歌唱的希冀中，俨然觉得丁玲、赵树理等老一辈文艺工作者就坐在主席的身边，让他们手里握着的笔有了前移的更坚定、更庄重的方向。在杨家岭毛泽东旧居的一间窑洞里，我们看到的是这位伟人睡过的一张陕北人普通的木椅架子床和褪了色的薄薄的棉被。狭窄、低矮、幽暗的窑洞里除了一张木桌、一个书柜、两把极为简单的折叠椅之外，就别无他物。这就是我们景仰的领袖当年的生活，简单、简朴。在摆脱了长征路上敌人的围追堵截之后，身心疲惫的红军驻足在荒凉、贫困的陕北。即便是在这样的窑洞里，红军战士心中刻就的忠诚丝毫未曾更改。看着墙上挂着的、当年领袖在窑洞里工作的大幅照片，抚摸着领袖当年用过的那张桌子，我们眼角噙着的那滴源自心灵的泪冷不丁地流淌了下来。敬爱的领袖，您对人民的那份情我们将永远铭记，你的光辉形象将在我们心中永恒！民族终将要复兴，您仍是力量的源泉。

在杨家岭毛泽东旧居一侧的坡下，有一块围了不高的院墙的菜地，那里是他老人家经常下地种菜的地方。远眺时，我有一种强烈的冲动，就是要去那儿捎上哪怕一撮土并把它带回，让我们每时每刻感受伟人那种亲近农民，热爱劳动，率先垂范，胸怀大众的品格。我想，那蓬松的土壤里肯定还存有领袖的汗水和笑声。

从杨家岭到枣园，从延河两岸到宝塔山，这一片土地上都留有无数红军战士和一代伟人的珍贵如纯金的足迹。70多年后，我有幸前往延安，踏上伟人逗留过的故地，心中的那份激动一时无法平静。伟人和领袖们住过的窑洞还在，生生不息的延河水还在悄无声息地流淌。听着非常熟悉的陕北民歌，品尝过显然有教育意义又兼地方特色的小米饭、红米汤，我们心里留下的是对长征这部史诗的不尽的怀想。

庐山散记

一

有人说上庐山就怕下雨，而我冒雨去庐山却幸运地碰上了好天气。

庐山，又称匡山或匡庐，位于江西九江市。传说殷周时期有匡氏兄弟七人结庐隐居于此，后化仙而去，而所居之庐幻化成山，故而得名。庐山北倚长江、东临鄱阳湖。以“一山飞峙大江、雄奇秀甲天下”闻名于世。这里峭壁、清泉、飞瀑众多，且各具风姿神韵。庐山雨量充沛、气候湿润，一年四季云雾缭绕，“瀑布云”更是堪称一绝。由于晴朗的天气很少，有时在山脚下阳光明媚，到了山上却是迷蒙一片。

端午节前，与高中时的几位同学相约挑了个双休日准备上庐山游玩，没想到连续晴了几天之后，到了这天却突然下起雨来。庐山本来就多雨，大家都担心到了庐山雨太大，没法出门，准备取消行程，耐不住旅行社的鼓惑和要挟大家只得勉强启程。

清晨 5 点左右，我们乘旅游车从东乡出发前往九江。一路上都下着小雨，雾也挺大。到了九江境内，突然大雨如注。车子冒雨上庐山的盘山公路时，只能看见车前不足百米的地方，车子在近 400 个登山弯道上盘旋颠簸时，山上朦胧一片。雨滴不时地飘进车厢里。一路上，我们心里都不免有些失落，埋怨挑了一个坏天气来这里。谁知，到了山上的牯岭镇，发现雨停了，雾也渐渐的散了。导游马不停蹄带领我们去“别墅群”参观。在掩映在雾霭中的美国女作家赛珍珠纪念馆、庐山首位“开发商”李德立等名人的旧居里绕了一圈之后，我们来到著名的庐山会议旧址参观。这时，太阳竟然露出了笑脸，四周明晃晃的。眼前的景物在透过云层的阳光的照耀下显得格外鲜艳夺目，顿时让我们倍感欣慰，游兴大增。有人激动的为之欢呼，庆幸天公作美。

导游说庐山的天气变化莫测、瞬息万变，哪一天来都一样。我们听了都觉得纳闷。导游是这样解释的：庐山一年有 200 多天是有雾或下雨的天气。有时山下晴空万里，山上迷蒙一片。出门时下雨，寒气袭人，到了景点突然放晴，让人大汗淋漓。况且庐山在每一个季节、每一个时间段、每一个角度都有她的不同的特色和迷人的风景，都能让你如痴如醉、流连忘返。我想：在“远近高低各不同”的庐山，只要身在其中，用一颗爱美的心、用一双智慧的眼睛去期待，就一定会有神奇的发现。因为即使碰上下雨，在庐山，你也可以一样从雨中领略她的神奇和美丽。

二

三叠泉和石门涧分别位于庐山的东、西两侧，景区有统一使用的环保车载人前往。被誉为“庐山第一奇观”的三叠泉为庐山之魂，其落差 155 米。站在瀑底仰望，只见飞瀑从“天洞”中直泄而下，气势磅礴、蔚为壮观。位于庐山西部的石门涧峰层岭叠、瀑布荟萃。置身其间，可感受苏东坡《题西林壁》这一千古绝句中描述过的铁岭峰、天池峰等神韵。

我们慕名游览了这两个景点。

三叠泉的源头在五老峰的崖口。我们去三叠泉实际上是沿着这股涧水往山下走。下了游览车，我们在小巧玲珑但却热情敬业的导游“领导”下，一起沿石径在两山之间的深涧拾级而下。右侧有一条溪流在一块块洁白光亮、挨挨挤挤的巨石中穿过，空中不时传来轨道车的轰鸣。耳边是持续不断的涧水的吟唱,眼里是叠嶂的青山以及笼罩在山间的雾霭。徜徉其中让人心旷神怡、兴奋不已。还觉得轻松的行走 35 分钟后就到了要花 40 块钱才能到达的高架电车停靠站。在那儿我们稍作休息，之后便与下电车的人一道翻过山脊。沿

急促、陡峭的石砌台阶往三叠泉深谷下行，20分钟后便见到了李白、朱熹都未曾见过的三叠泉真容。站在观瀑台仰视，才发现先前随我们一路同行的涧水在不声不响的避开我们之后猛然间积蓄了巨大的力量突然从高空坠落。由于四面均系悬崖，人在瀑底仿佛坐井观天,瀑水从“天漏”中涌出，在山风、云雾中分三级落入深潭。在照片和电视镜头里看过三叠泉瀑布，但现场感受到的气势、神韵却截然不同。为了那一刻，所有来这里的人都必须花两个多小时，来回爬4400多级台阶。尤其是下瀑底的1420级台阶极为陡峭，每位来过的人都满面红光、气喘吁吁，但都表示心有震撼，不虚此行。

去石门涧可从电站大坝乘星龙索道，下行一段之后，便是长约几公里的石径山道，惊险陡峭，台阶密集狭窄。人在高空，脚下是深渊，眼前纵使有象形颇多的嶙峋怪石，也不敢轻易驻足观望。待踏上悬索桥、看过神龙宫瀑布、目睹过青龙潭、驻足慧远名僧讲经台、端详镇山之宝——龙虎争胜天然石壁画之后才觉得真的是“庐山真面目、宛在石门中”。

下三叠泉、去石门涧，先前都有古人开采的山道，新铺的登山台阶常常与之重叠交汇，台阶相对笔直但显得陡峭。有多年前到过这里的游客还在找寻旧时的古道，捡拾自己的旧履，可它们就像旧时出阁的少女羞羞涩涩、若隐若现，让人难以寻觅。故地重游的人都说，新修的台阶安全，但走的时候吃力，脚也容易打战，而古道虽窄却常常舒缓有致、曲径通幽。我想这也许就是三叠泉之所以不疏通隧道、石门涧之所以不全程配置缆车的缘由：爬坡看景，趣在体味其中的艰辛和付出。

三

在浓雾重锁的含鄱口，我们无法看到山下烟波浩渺的鄱阳湖。由于湿气太重，加上导游不时的催促，稍作逗留后我们准备离开。这时，突然听到有人吆喝："诶，各位，在毛主席老人家照过相的地方留个影哦。10 块一张，1 分钟取相。"于是，大家的目光都被他吸引。走进才看见他们的摊位前有一把遮阳伞、一个照片展示框、一把藤椅、一张桌子、一台电脑，这就是他们为游客带来领袖"神"气的平台。

毛主席在国人，尤其是中、老年人心中的确已经成了"神"。看过展示镜框里那张主席穿着那件棕色中山装、跷起二郎腿、侧身微笑着注视眼前的群山的经典照片，不少人便蠢蠢欲动。摄影人员眼疾手快、操作神速，几分钟后，电脑便打出一张相片来。游客爽快的付费后拿着相片跟领袖照一对比，虽没有伟人的精、气、神，却有伟人眼里看过的风景。沾一些伟人的光芒，日后自然事事顺畅。为此，不少人在下山的台阶上还在为此忘情的欣赏着，以至于差点一脚踩空。

在中华民族的伟人中，知名度最大、形象最深刻的应该是毛泽东。精明的庐山人算是揣摩到国人的心理，许多人都不约而同地打起了主席这张牌。细心的游客都发现，在庐山稍微有点知名度的景点，几乎都有这么一个摄影棚，都声称是伟大领袖毛主席拍过照的地方，且摆设、吆喝的方式，甚至照片里伟人的神态、姿势都一模一样，所不同的是伟人身后的背景，是事实还是虚拟，明眼人一看便知其中的蹊跷。当然，这也可以理解，既然伟人已经被善意的神化了，其行踪岂不神秘莫测、虚无缥缈?

四

庐山有许多传奇，包括一山六教、山上有镇、千古佛灯及风景名胜的传说。但是，最富有时代特色且优美感人的是电影《庐山恋》里描绘的那个发生在庐山的爱情故事。侨居美国的国民党将军的女儿周筠在粉碎"四人帮"前后两次到庐山旅游，在风光旖旎的庐山景区与我党高级将领的儿子耿华相识、相爱。由于历史的原因，他们的爱情几经波折，最后双方家长捐弃前嫌终于使这对特殊恋人喜结良缘。影片通过昔日战场上的劲敌最终握手团聚、喜结亲家的传奇故事，反映中华民族终将团结一心、共同为祖国的强大而奋斗的强烈愿望。影片创作、摄制于70年代，是新时期第一部风光爱情片，一经推出便名声大振、轰动全国。同时使千古名山庐山的知名度陡增，全国各地上庐山旅游的人络绎不绝。庐山电影院别出心裁以影片作为景点的推介连续放映，没想到却堂堂满座，且“一发而不可收”。同一家电影院、同一部影片，日日夜夜连续放映了30来年，影片拷贝放坏了若干个，并因此创下放映时间最长、放映次数最多的吉尼斯世界纪录。

慧远和尚在山涧诵经弘法感化了无数僧人，《庐山恋》的传奇首次触及了中华民族心中的隐痛。国共两党几经分离，恩恩怨怨，最终因为民族的利益捐弃前嫌、坦诚互信地走到一起。这使笔者联想到祖国的统一、宝岛台湾的回归。这是13亿同胞梦寐以求的共同心愿。期间，几次因民族的败类的倒行逆施差点擦枪走火，2008年国民党重新执政后，前行的航标得以拨正，和平、统一的脚步声渐渐临近。两党都是华夏的子孙，为了民族的复兴、为了华夏的一统，彼此需要再次握手，共同谱写一曲大中华惊天地、泣鬼神的大爱传奇。眼下，两岸民族精英正在用各自的智慧续写发生在庐山这个庄重的故事的续篇，相信那一天不会遥远。

黄洋界上风光美

在我的心灵深处，革命摇篮井冈山是我一直渴望亲近的地方。因为它是那么神秘和神圣。2013 年初春，我总算有机会实现了一个由来已久的梦想。

黄洋界上炮声隆，报道敌军消遁。伟人的一首大气磅礴、激情豪迈的诗篇，让 500 里井冈山上原本不很出名的黄洋界赫然生出一道亮丽的风景。但凡上井冈山的游客必到黄洋界，否则虚有此行。作为五大哨口之一的黄洋界它的地势究竟有多险要？那门在黄洋界保卫战中立下赫赫战功的小钢炮究竟是什么模样？在这里又发生了一个怎样悲壮惨烈进而载入史册的故事……

黄洋界上炮声隆
黄洋界哨口工事
一九二八年四五月间，红军利用黄洋界的天险地势，建立了三个防御工事，分别控制茨坪通往茅坪、大陇的小路，阻击江西永新和湖南炎陵方向来的敌人。三个工事互为犄角，相互呼应，组成黄洋界哨口工事。这段战壕工事是控制通往茅坪的小路的。
During April to May 1928, the Red Army built three fortifications based on natural advantages of Huangyangjie to respectively controll the paths from Ciping to Maoping and Dalong and block off enemies from Yongxin (Jiangxi Province) and Yanling (Hunan Province). The three fortifications echo each other and then form the Huangyangjie Sentry Fortifications which is the only way to the paths to Maoping.

中国红军第四军
黄洋界哨口营房旧址

景区特设的环保旅游车载着游人从茨坪出发，沿着盘山公路在山间行驶。车子一会儿下坡，一会儿上行，一路都在拐弯，一路都在青翠的竹林和茂密的灌木中穿行。临近黄洋界时，车子似乎爬上了山顶，进入了云端。从茨坪到黄洋界景区据称要绕 80 多个弯道，虽几度经过深涧，却有惊无险。

这时，导游突然对我们说，你们的运气真好！你们看，云海奇观出现了。于是，车内即刻出现了一阵骚动。大家透过车窗向外望去，果然见山道一侧的山涧浮动着一团乳白色的、厚厚的云层。云层像一道平行线均匀地弥漫在山谷之中。云海下苍茫一片。远处山峦起伏、奇峰峥嵘，仿佛像一条船在云海飘荡。众所周知，云海作为与奇峰峻岭孪生的特殊景致并非天天都有。江西境内的庐山、三清山都以云海著称，游客真要亲眼目睹她的迷人风采还得靠运气。春夏之交江西境内多阴雨，且一下就是几天、甚至十来天，哪一天天放晴，哪一天出现云海就连景区的导游也猜不准。

在黄洋界看到如此美丽壮观的云海着实让游客兴奋。

黄洋界位于井冈山的西北面，海拔 1343 米。景区雄伟壮丽、气势磅礴，令人神往。在黄洋界景区中心，我们下了车。这时，缥缈在山间的雾霭还未完全散去。在导游的率领下，我们沿着景区特设的 100 余级台阶来到了黄洋界景点的中心地带。这里有被列为全国重点文物保护单位的黄洋界哨口原址。在一个凸起的山头上，见一块面积大约 20 平方米的地方挖出的深约一米的坑道。坑道四周用不锈钢柱和铁链围护着。就在这个居高临下、极为险要的坑道里，85 年前发生过一场攸关井冈山革命根据地生死存亡的决战。

1928 年 8 月 30 日，国民党湘军吴尚、王均共率领 8 个团的兵力趁我红军主力攻打湖南郴州未归之际大举进犯。为应对他们第二次“会剿”，红军守军、三十一团团长朱云卿等人指挥一营两个连的战士，利用险要地形和参战群众布下的竹尖阵、篱笆墙、礌石群、滚原木、垒壕沟等五道防线。敌人一次又一次的进攻被击退了。下午四时，疲惫不堪的敌人再次发起进攻，战士们从茨坪军械处抬来了一门刚修理好的迫击炮，对准敌军指挥部开了三炮。由于弹药失效，前两炮没打响，第三炮不偏不倚刚好在敌指挥部“开花”。敌军以为主力部队回来了，吓得抱头鼠窜、仓皇逃命。

昔日的哨口，如今已成为游人如织的景点。昔日硝烟弥漫的战场如今早已是树木参天，风光秀丽。伫立这掩映在林间的坑道边，我们仿佛觉得那些英勇不屈的红军战士就在眼前，他们头上扎着绷带，身上穿着破旧的单衣，手里高高地举起手榴弹，大吼一声向山下的敌人掷去。山间随即发出一阵巨

响，这巨响久久地回荡在山谷中。

从战壕下来，大概 20 米便是黄洋界纪念碑所在地。这里占地差不多 300 平方米，四周用围墙圈了起来。左面是一个高耸入云的纪念碑，右面是一面高高的纪念墙。纪念碑的正面是朱德的题词：黄洋界保卫战胜利纪念碑；北面是毛泽东题写的“星星之火，可以燎原”8 个鎏金大字；与之对应是一块巨幅纪念墙，也叫横碑。横碑正面是毛泽东《西江月·井冈山》一词的手迹；北面是朱德总司令题写的“黄洋界”三个苍劲有力的大字。这两位伟人为了新中国的诞生、为了人民的解放，为了实现穷苦人民当家做主的伟大梦想在井冈山指点江山、运筹帷幄。他们和老一辈革命家一道为中国革命的胜利苦苦求索，为工农红军的生存和发展绞尽脑汁。枪杆子里面出政权，农村包围城市。这是中华民族五千年的一代巨人的天才绝唱，也是中华民族空前绝后的惊天奇想，且最终被铁的事实应证，成为一条颠扑不破的真理。毛委员八角楼上的灯光彻夜未灭，为的是中国四万万同胞的命运；朱总司令的竹扁担一头挑的是共产党人坚定的信念，一头挑的是他心怀大众、情系穷苦百姓的炙热情怀。因为这两位伟人，原本普通的井冈山有了灵气、有了风骨、有了魅力、有了精神。

到了黄洋界，一定得去黄洋界的炮台看那门钢炮。黄洋界炮台位于纪念塔的下方，沿着石砌台阶步行 5 分钟便可到达。炮台设在一个陡峭山崖的险要处。这里视野开阔，居高临下，后有屏障，左右各有一条通道与哨口和下山的道路相连。我们慕名来到这里，首先映入眼帘的是一门放在一座高约一米、长约两米的水泥基座上的钢炮。钢炮系实物，据称是当年黄洋界保卫战曾经用过的。时隔 85 年，依旧油光闪亮，完整无缺。它炮口朝上，雄踞炮台之上，显得威风凛凛、威武雄壮。炮台的座基上赫然地题写着“黄洋界上炮声隆”七个苍劲有力的大字，显然是毛泽东的手笔并出自他老人家的诗词。

炮台占地大概 50 平方米，四周错落有致的盘踞着数块大小不一却似乎很光滑的石头。这些石头大部分是天然形成的，它们像一群卫士日夜簇拥着钢炮，用浓浓的情怀与之絮语。这情形让我们联想到当年红军战士与敌人浴血奋战时的场景。山下，敌人突然来犯时，勇敢的炮手据守炮台，娴熟操作，片刻之间，山谷边传来隆隆的巨响；鏖战的间隙，红军战士们便坐在这些石块上歇息。星夜，他们和衣而睡；寒冬，他们抱团取暖。凭着这门炮，凭着红军战士的坚定信念，最终巩固了这块革命根据地，并最终解放了全中国。

来到红四军军工处，俯视眼前的山谷，只见山花盛开，叶绿花红。浓雾散去，春光明媚，一片明艳。杜鹃花、云海、雄峰、红军历史遗存以及正在弘扬的井冈山精神，构成了一种独特的美。

没有这门炮，就没有一个新中国；没有这门炮，就没有天安门城楼上迎风招展的五星红旗。

井冈山，在中国革命的历史上已经不是一座山名，而是一种精神，一种力量。这种精神排山倒海；这种力量撼天动地。

离开黄洋界，我的心情久久不能平静。

南湖，有一条这样的游船

在江南水乡，我们经常可以看到这样的船，它们在纵横交错的小河里穿行，在碧波荡漾的湖里飘荡。只有南湖的这条船却年复一年、日复一日地稳稳地停泊在烟雨楼前。

南湖的这艘船在阳光里闪烁着紫色的光芒，诉说着一个曲折而又传奇的故事。

浙江嘉兴南湖原本是一个极为普通的湖，因为一群人的到来，湖中的湖心岛，岛上的烟雨楼，楼前的这条船便一同走进了中国革命的历史，走进了人们缅怀和追思的视线。

这是一条不平凡的船。日前，我有幸走近了这条船。

1949 年 10 月 1 日，天安门城楼上曾经一次性挤满了中华民族最优秀的一代伟人的身影。他们曾经穿着草鞋、打着绑腿，在枪林弹雨中走南闯北，神州大地处处留下了他们难忘的印记：延安宝塔山曾经留下他们铿锵的脚步声，红色瑞金有他们亲手创建的第一个没有压迫、没有剥削、人民真正当家做主的政权。然而，在南湖的这条游船上，却是一个新群体、一种新思维、一个新理念、一部新纲领孕育和诞生的地方。

1921年，中国共产党第一次全国代表大会最后一天的会议因遭到法租界巡捕的袭扰、搜查，被迫于8月初的一天转移到嘉兴南湖的这条游船上继续举行。毛泽东、董必武等13位代表，为了四万万劳苦大众的前途和命运，冒着生命危险，在这里继续举行党的代表大会。会议审议通过了中国共产党第一个纲领、第一个决议。选举产生了中央局领导机构。从此宣告中国共产党的诞生。

中国革命的成功是一个惊世骇俗的传奇，期间有过无数次的风云突变、也有过无数次的化险为夷。假如没有秋收起义后的毅然上井冈山，没有第五次反围剿失败的历史性转移，没有长征路上的巧妙突围，没有延安的殊死保卫战，就不可能有新中国的诞生；同样，假如没有中共一大会议开会地点的适时转移，也许这群民族精英就要被囚牢笼，甚至为信仰捐躯；一种至高无上的理念就要动摇甚至湮灭。

在这条当地人称为“画舫”的游船上，13位代表围着一张方桌，神情专注、激情满怀地描绘了一幅宏伟蓝图。此刻，他们无心看窗外的风景、也没有顾及当时、乃至今

后的风险和付出，心里就只有一个信念，那就是高擎旗帜引领四万万同胞与腐朽黑暗的世道抗争。尽管有艰难险阻，他们要做舵手、吹号角、举明灯。

站在岸边凝望南湖的这条船，仿佛看见船舱里晃动的先驱的身影，仿佛聆听到从画舫中传出的坚定的、声如洪钟的誓言，仿佛体会到挂在他们脸上的对革命、对未来充满信心的微笑。

桨橹仿佛还在这艘承载着革命星火的游船旁摇动，游艇依旧在焕然一新的南湖的微波中荡漾。

90 年风云、90 年烟雨。中国革命经过数次转折后，中华民族以全新的姿态、空前的凝聚力和不折不挠的形象屹立在世界的东方。南湖岸边，高楼林立、大树参天。南湖革命纪念馆里，人头攒动，追思情长。江南江北，风光无限，气象万千。

驻足南湖，崇尚的是一种信念，感怀的是一份气概，传承的是一种精神。

由于留恋眼前的景致，我和一位来自北方、曾插队嘉兴，在某石油勘探设计院退休的老同志被景区接送游客的快艇遗落在南湖的江心洲上。吹着北方的风在岸边翘首期盼下一趟渡轮的同时，我们一同感叹领袖的伟大、伟人的崇高。封建皇帝也曾到此巡游，但是在南湖只能是一个插曲，而眼前这艘没有风帆的船，却载着一个民族从这里起航，一直驶向了艳阳高照、春风杨柳的彼岸。

一艘游船成为南湖江心岛上举足轻重的风景，成为浙江嘉兴的掷地有声的名片，是它吸引一批批有理想、有信念、有希冀的人们，怀着一颗赤诚的心前来瞻仰、缅怀。

冬日的南湖，依旧游人如织，嘉兴南湖，一个令人向往的地方，定格在江心洲月亮湖畔的这条船，凝聚着一种力量。

离开南湖的那一刻，一面色泽鲜艳的旗帜在心里飘扬，一艘经岁月洗礼却依旧弥足珍贵的画舫在心里飘荡。

走进“东方之冠”

2010年，许多中国人都有一个梦想，那就是到上海看“世博”，看世博主题馆——被誉为“东方之冠”的国家馆。

世博园开园之后，不少捷足先登者费九牛二虎之力，甚至冒着高温酷暑去了世博园，结果人满为患，在烈日下排队数小时，仅仅能看上一、两个外国馆。中国国家馆由于受时间、人员限制，大多数游客不能进馆参观。最后，带着遗憾和对国家馆馆内的珍贵和稀奇充满的猜想扫兴而归。

我也曾有过去世博园一游的想法，可是一直没有机会。

2011年12月，单位组织我们到浙江杭州市某单位参观学习，顺便安排大家到嘉兴南湖和上海世博园一游。没到世博园之前，我们通过电视、画报等途径，对世博园中的主题馆中国馆有一个大概的印象。那就是，它是用红色的方形条木搭积起来的一座倒金字塔方形建筑，看上去觉得并不怎么高耸。设想内部应该是空荡荡的，可能也蕴藏不了什么。

怀着这样一种好奇心，这天一大早，我们便从杭州乘车来到了上海位于洪山路和上南路交汇的世博园区。站在园区的护栏外看世博国家馆，除红色浓烈，方正感强之外，还是觉得它并不是很高大和伟岸。

在跟园区外围与冒着严寒坚持志愿服务的志愿者交流并合影留念以表达一份敬意之后，我们开始排队进馆。这天，天气还好，有些阳光，风也不是很大，因而游客并不少，大家井然有序的排好队，很快便来到位于上南路的国家馆的南边进口。在这儿一看，才知道，国家馆是一座巨型建筑，须抬头仰望才能知道它的高度。据资料介绍，世博中国馆于2007年开工建设，2010年2月8日正式竣工，同年5月2日开馆。建筑面积为207万平方米，高63米，架空高33米，架空平台高9米。外观为“东方之冠”的国家馆充分表达中国

文化的精神与气质这一主题。中国馆由曾经设计过北京奥运会场馆和南京大屠杀遇难同胞纪念馆的年逾七旬的何锦堂院士任总设计师。国家馆采用层层叠加、向上展开的倒金字塔造型，给人以振翅飞翔、御风而上的动感。既具有很强的标志性和不同凡响的外观，又给人超越时空的想象，特别是通体为鲜亮的红色，具有强烈的视觉冲击力。远远看去，它就像一座坚固而空灵的雕塑杰作。国家馆的设计理念和馆内陈设及物展紧紧围绕“城市——让生活更美好”这一世博主题，集中和浓缩了“城市发展中的中华智慧”。

怀着一种崇敬和急迫的心情，我们走进了世博中国馆。在馆内大厅，我们发现里面非常宽敞，游人更是摩肩接踵。国家馆共分“东方足迹、寻觅之旅和低碳行动”三个主体。在底层大厅匆匆的看过系列成就展之后，我们乘电梯上了顶楼。在最高层表现“东方足迹”的综合展示层，主要是通过展板、影视镜头和实物以及“倒挂城市”、“同一时刻”、“地名斑马线”等形式回眸30年来的城市化巨变，再现有着五千年历史的文明古国的古代城市建设风貌，用发展的眼光描绘未来和谐共生的城市化建设的美好愿景。

由于从事文字工作，经常看新闻、看报纸，这部分除了立体动画“清明上河图”和情景再现“同一屋檐下”印象深刻之外，几乎没有什么特别可以吸引人的地方，倒是觉得挂在廊道上的儿童画作挺有意思。这些来自祖国各个地方的98位儿童的画作，围绕城市的未来展开想象，继而画出一幅幅充满幻想、充满爱心、充满希望的画作，为城市的未来插上了梦想的翅膀，同时也为被誉为“祖国的花朵和希望”的下一代在兴趣爱好、志向选择以及人生追求上提供了一个良好的指向。因而许多带着孩子来中国馆参观的家长都在“童心畅想”这一章节长时间的驻足、观赏。

在顶端绕了一圈，俯视大上海的不同方位、景致之后，我们转入“寻觅之旅”。游人被安排坐上环保低碳无排放的太阳能动力缆车，在楼道、隧道、空中穿行，在不断变换的各种色彩强烈的灯光下，依次通过斗拱区、路桥区、园林区、月台去，享受一番轻松、动感、充满想象的骑乘，体验中国城市营建和规划的智慧与传承。领略中国古建筑包括园林、路桥建设中充分蕴藏的“工、达、逸、范”的理念。华夏五千年，在城市化建设方面凸显因地制宜、规矩方圆；如今则在秉承以人为本、师法自然的同时，不断借鉴创新，以求宜居适住，与大自然融为一体的新的理念。这一主题给人的感觉是时空跨越，物斗星移却精髓尚在。

下了缆车，游人便进入“低碳行动”主题。近百年来，在地球上居住的人类为了生存和发展过度开发、肆意获取，特别是对资源的疯狂掠夺，导致生态失衡，各种灾难频发，严重危及人类生存的根基。兴许是危害已经到了可以预见的边缘，近年来，“低碳”这个陌生的名词悄然出现并迅速植入人们的心灵深处，“过低碳生活，发掘低碳能源”成为世界的呼声。全球气候变暖、各国资源短缺，中国如何应对？植树造林、增加碳汇、取之有道、用之有节，中华民族千百年来凝聚的传统和智慧为未来的低碳生活和低碳城市提供了有益的启示。在中国，太阳能、风能以及生物质能技术和智能化的能源控制等得到了广泛的应用。这在“感悟之泉”章节里一个巨型水池中种植莲藕并可以看到盛开的荷花就可以感受到，这些荷花就是水资源的循环利用的结果和实证。那盛开的荷花不正象征着中国的美好未来吗？

走出国家馆，我们觉得作为一个中国人的骄傲的同时对未来充满信心。

浪漫的南京路

在中国，最能体现时尚、繁华和热闹的地方，除了北京的王府井，就应该算上海滩的南京路了。这里是反映上海这个大都会的变化，展示东方文化和江南神韵的一扇窗口。基于此，许多人都把去一回王府井、逛一回南京路当作人生的一大幸事。

都说南京路的夜里更热闹、更气派，此话不假。日前，单位组织我们这些要笔头的到世博会一游，不少人都提出，一定要去上海外滩和南京路逛逛夜景。提议一出，全员响应。旅行社安排在新华门一家普通的餐馆，草草地用过晚餐之后，导游便安排随行的旅游车送我们到南京路街口。

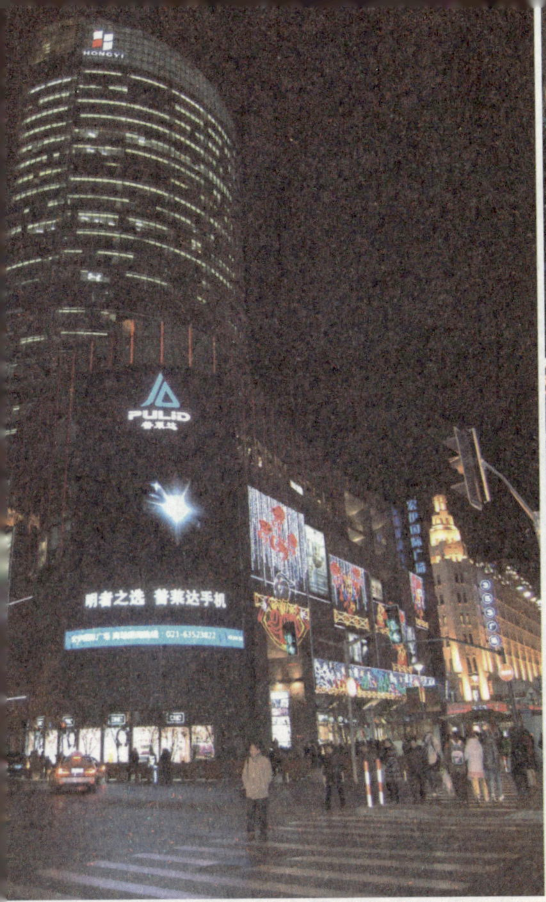

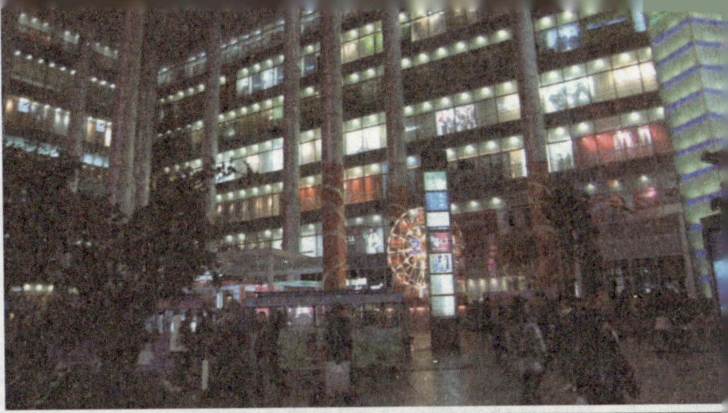

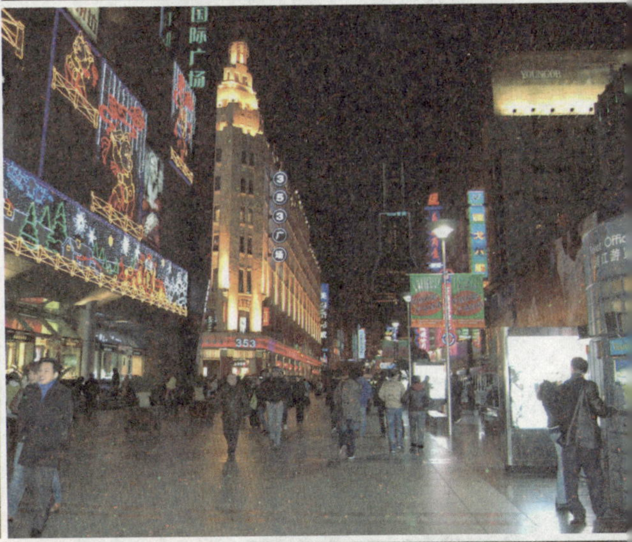

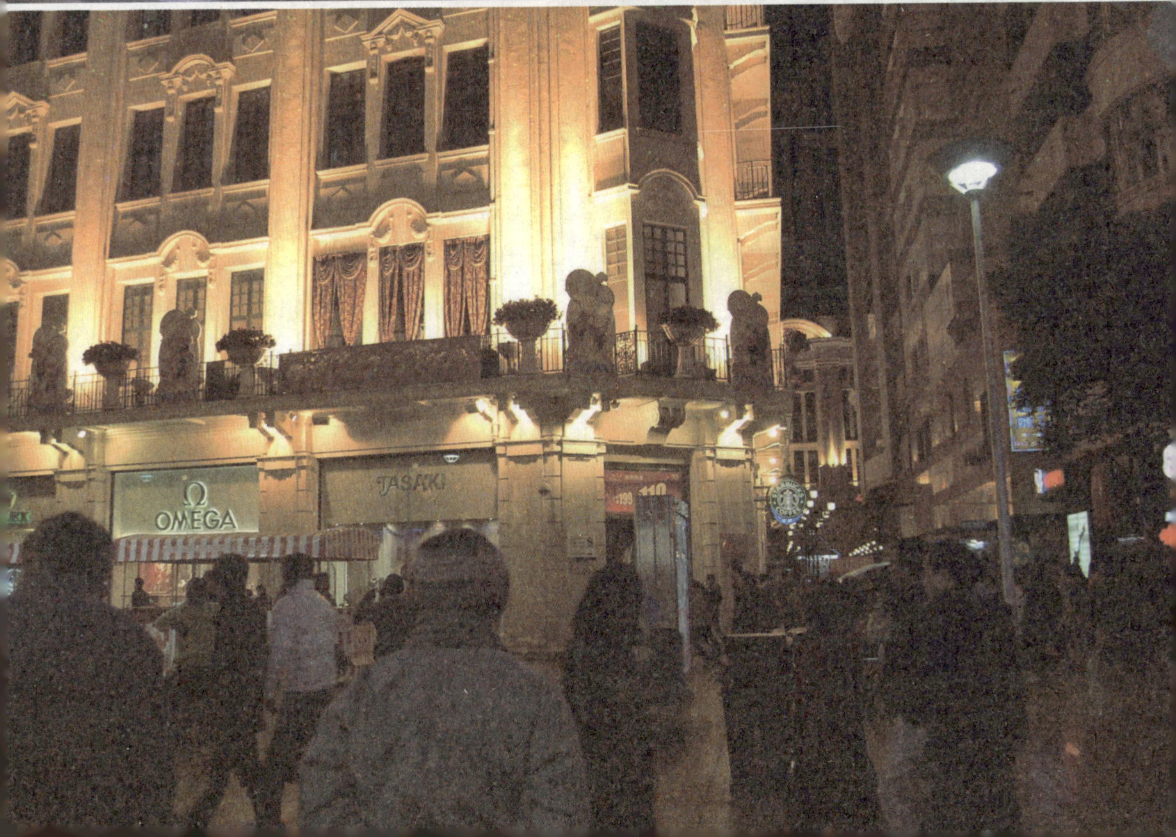

其时，街灯早已闪亮，街口高耸的大楼上巨型电子广告牌不时滚动地播放着由大明星代言的服饰及各色品牌的广告。走进光怪陆离的霓虹灯闪烁着的南京路，觉得它虽然名声远播却并不是很宽敞，进口的街道中央立了一块路标，上面写着“南京路步行街”六个鎏金大字。“步行街”算是市场化后的一个受宠的名儿，与上海滩的南京路结合在一起则有着不同凡响的效应，毕竟这里一直以来就是大上海的商贸中心和购物天堂。

走在南京路上，只见高楼林立，店铺密集。在景观灯的照射下整个大街都变得金碧辉煌、光彩夺目。街上人群摩肩接踵，商铺内顾客盈门。时值年终，气温降至零下三度。可是，南京路上还是挤满了不少的中外游客，大家冒着严寒尽情欣赏南京路的美丽夜景。这里不愧大上海的“购物天堂”，你能知晓和不熟知的中外品牌产品在这里都能见到，星际豪华旅店更是比比皆是。整个大街被高空彩球、多角度景观灯照映得如同白昼。难怪有人说，上南京路步行街购物的不多，更多的人是来看风景，感受购物的氛围。据说这里不少商品只有富商巨贾、社会名流或是所谓明星们才能受用得起的。

南京路，商业的韵味太浓，该保存和遗留的精神层面的东西着实不多。

驻足灿若皇都、浪漫似天街的南京路步行街，我的脑海里却老是回忆起这么一幅场景：在一个明月静幽、繁星闪烁的寒夜，在南京路的街头小巷有秩序的躺着许多进军大上海的解放军战士，他们从硝烟弥漫的战场上撤下来，在深秋的夜里披着霜露，抱着心爱的钢枪和衣而睡。为了不惊扰市民，他们就安顿在市民的门前、窗下，可谁也不轻易向市民吭一声，不给市民添麻烦。

南京路上好八连的故事在中国家喻户晓。60多年前，横渡长江天险、攻克南京城的解放军战士在解放上海的战斗中曾在南京路歇息。上海解放后，立下赫赫战功的解放军某部八连战士驻扎在南京路，他们用忠诚为军徽竖树起了一座亲民、爱民、为民的丰碑。岁月的年轮不断地递增，在这块红色的土地上走过的人们心里或许都应该想一想，我们今天的幸福生活是怎么得来的？我们为子弟兵做过什么，为人民做过什么？

南京路是一条红色的路，也是一条充满传奇和浪漫的路。

就在那一晚，我们邂逅了这样一幕：一位小伙子突然跪在南京路隔离带的一块空地上，向同行的女友求婚。小伙子跪在地上，一遍又一遍地真诚地呼唤着女孩的名字，请求女孩答应他的求婚并嫁给他，他保证一生一世只爱她一个人，爱到地老天荒。看来，小伙子是有备而来的，他说的话都录了音。也许是事情来得突然，也许是头一次在大都市、在如此众多的陌生人面前有些害羞和顾忌，女孩显然有些犹豫和躲闪，小伙子则一直大胆执著地跪在女孩跟前，一声声的表白对女孩的情爱……

这时，看热闹的游人越来越多，大家纷纷拿起相机为这浪漫的一幕拍照，也有帮男孩请求、呼吁女孩接受小伙子的爱的。男孩乘机掏出一枚钻戒，同时热情的邀请在场的游客们为他们的爱情作证。在数百名陌生的游客热烈的掌声的感召下，女孩最终低着头伸出了臂膀，小伙子激动地将戒指套在女孩的手上，并激情地抱着女孩在无数相机的闪光灯里旋转若干圈。

这一幕从前只有煽情的电影或是电视剧中才会发生，一位小伙子把自己的一生婚姻定格在上海滩的南京路，一定有他特殊的想法和意义。在他的心里，南京路是一条金光闪闪的、充满幸福和快乐的路。那一刻，小伙子的勇气是可嘉的，也是常人难以做到的。在物欲横流，情感不时地遭遇亵渎的当今，对爱情、婚姻能如此执著和投入着实不容易。我们不羡慕财富、也不接受虚荣，只歌颂朴实的情感、吟唱平淡的幸福。

南京路，在我心里不是一条步行街，而是一段记忆，一段传奇，一种情愫。

从寒山寺到拙政园

——苏州掠影

江苏苏州被誉为“东方水城”，与浙江杭州并称为“天堂”。杭州以湖出名，苏州以园著称。还没进苏州城，导游就调侃说，苏州城古老，房子矮、街道窄、园林多，美女俊。一句话便吊起了游人的胃口。不过，根据游程安排，我们先得去姑苏城外的寒山寺。说到寒山寺，导游又说，寒山寺寺庙小，可是名气大。它的人气全仗着诗人张继的那首《枫桥夜泊》的诗。

月落乌啼霜满天，江枫渔火对愁眠。
姑苏城外寒山寺，夜半钟声到客船。

1200 多年前，唐代诗人张继写的这首诗描述了作者在一个夜晚泊船枫桥时的愁思，以及寒夜忽闻古刹寒山寺的钟声感受到的禅意。

枫桥古镇位于苏州城西 3.5 公里、京杭大运河、古驿道和枫江的交汇处。由于京杭大运河穿径而过，自古以来就商旅云集，又有官道从这里经过，实属水陆交通要道。早在宋朝，枫桥的商贸就已经形成规模且远近闻名。到了明、清时期则空前繁荣。尤其是清朝，这里几乎成了全国最大的粮食集散地，通过大运河在此装卸粮食的船只多达几千艘。除此之外，丝绸、典当、银楼钱庄、西洋商品等行业也一应俱全。

枫桥风景名胜区以寒山古寺、江枫古桥、铁岭古关、枫桥古镇和古运河为主，古镇中依旧保持了石板街道、前街后河的布局，昔日的店铺、民居依旧粉墙黛瓦、错落有致，看上去典雅古朴。

枫桥古桥与苏州城内、外所有的石拱桥几乎没有什么大的不同，而寒山寺则是游人心仪许久的地方。现代人物质丰富，信仰追求却日渐淡薄，为抵御和消弭世俗的毒害与侵扰，都希望找寻心灵里的一块绿地、大海里的一处港湾，在宁静和洁净的方舟上固守精神家园，分享窄窄的天窗中斜射下来的一缕阳光，即便不是很温暖也要努力享受，就如同唐朝大诗人张继把隔江观渔火、寒夜听钟声作为解愁愉心的事一样。

寒山寺始建于六朝时期的梁代天监年间，距今已有 1400 多年的历

史。原名“妙利普明塔院”相传唐代贞观年间，当初的名僧、拾得曾由天台山来此住持，遂取名寒山寺。后因一首《枫桥夜泊》诗名闻遐迩。据称，我们见到的寒山寺仍保留了古寺风貌，寺院范围不大，却有树龄不小的苍松翠柏，殿楼之间倒也曲径通幽。大雄宝殿庄严肃穆，藏经楼方正高耸。游人更是熙熙攘攘、络绎不绝。听着钟楼传来的钟声，闻着弥漫于寺院的檀香，聆听禅语经文，灵魂深处顿生一份清净。

从寒山寺出来，我们乘车转到苏州的下一站——拙政园。中国四大名园之一、全国特殊旅游参观点，被列为世界文化遗产的拙政园始建于明正德四

年（1509年），占地5.2公顷。园景以水为中心，假山活水萦绕，厅榭错落有致，名贵花木繁茂，景随角度变换。景区结构布局充满诗情画意，既有江南水乡的特色，又凸显了明代园林旷远名瑟、古朴自然的艺术风格。走进拙政园，仿佛时光倒流，让人回到500年前的岁月。这是一座最具江南水乡风韵的园林，尽善尽美的园林艺术堪称中国园林建筑的典范。驻足亭台、置身厅榭让人高尚淡雅的同时感叹中华灿烂文明的博大。穿行于花木林间、水廊桥边顿觉心旷神怡、神清气爽……

我们游拙政园时恰逢牛年深冬。其时，园中荷花已无踪影，只见少许的

枯枝。各色的名花也开得不多，中途突然飘起粉末状的雪花来。我们都觉得奇怪，进园时，明明出了太阳，忽然间天昏地暗、寒风飕飕，紧接着就纷纷扬扬地下起雪来。大概十几分钟，又从云彩里露出太阳来，好像刚才的那一幕完全没有发生。这样的情绪同样出在上海，同一日中午，我们在上海吃中饭。之前，太阳一直高挂在天际。下车时，突然飘来大片大片的雪花。让人诧异的是，这边飘雪花，那边阳光仍然明晃晃的映照着，这在我们江西几乎是不可能的。江西下雪时，天都是昏沉沉的，没有飘拂的云彩，没有阳光的踪影。下雪之前都有预兆，或寒风、或冻雨，除非下过规模较大的雪才能天气放晴，且雪前、雪后天气的变化多少需要一段时间。突然下雪，顶着阳光下雪，在江西几乎没有看见过。

在拙政园感受飘雪的那一刻，我们确有时空变换、情随境迁的感慨。听雨轩、远香堂、留听阁、待霜亭、兰雪堂，卅六鸳鸯馆、十八曼陀罗花馆，一处处风景、一个个诗意浪漫的名字，让人陶冶情趣、欢愉身心，看淡名利的同时追求境界高远。

诚如导游对拙政园园名来历的调侃，拙政园的主人自嘲说我这样笨拙的人居然从政？细品此言，实则是主人的一种洒脱和自谦。我想：如果世人都有这样一种心态和境界，那社会必定真的和谐。

桨橹声中游乌镇

清晨，在小河边，一群人正在忙碌着：一对中年夫妇齐心协力地拧着刚洗过的被套，彼此发力的一瞬间，被套被拧成了麻花条；一位光着膀子的汉子肩挑木桶准备到河里取水，脚步刚好落到上下两级台阶上；一位妇女一手提着个小木桶，一手搂着一个大木盆，显然她要到河里洗一家人的衣服；在临近水面的地方，一位妇女弓着腰，在竹篓里淘洗着什么。一位貌似店里伙计的后生在一块突出的石板上，弯腰正洗刷着手里那个圆圆的簸箕，一位老奶奶手里抱着孙子在岸上看着这一幕，脸上的神情慈祥而淡定。

集賢坊

这就是江南名镇、隶属浙江桐乡市的乌镇的景点大门前矗立的一组塑像。这组塑像人物栩栩如生，姿态据实逼真。男人拖着长辫，女人盘着发髻，雕像全都涂上乌溜溜的色泽。透过与周围门楼、墙瓦看上去非常协调的乌溜溜的色彩你很快便会发现眼前这个镇子的古老和与众不同。

乌镇位于浙江北部嘉兴市下属的一个县级市——桐乡市境内，离市区 15 公里。走进乌镇，第一感觉就是房舍楼阁几乎就一种颜色：灰蒙蒙、乌溜溜。原来，这里早在唐咸通十三年、公元 872 年就已建镇。镇子里的古民居的墙上几乎都涂上一种类似于黑色的油漆的涂料，据称这种涂料对墙体和木柱具有很好的防腐作用。乌溜溜的房舍、乌溜溜的石板街、乌溜溜的穿衣打扮便造就了乌镇这个古老但却有些诙谐的地名。

游人乘着乌溜溜的乌篷船，在窄窄的河道里穿行。窗外一边是仿佛从水里生出的低矮的屋檐，一边是有着各家茶楼、餐馆的小街。屋檐错落有致，小街游人如织。沿途有不少可以停靠小船的码头，也有临河而居的住户用来取水、洗衣的台阶。河两岸不时地看到一座座石桥，尽管建造的年代不同，桥的造型各异，通体结构大相径庭，但几乎都高高耸立。有的高过屋脊。游人坐在乌篷船的内舱里，看两旁的屋檐、街道一摇一晃地向身后移去，一切似乎都那么悄无声息。上了年纪、操着不太标准的普通话的船工熟练地为我们摇着乌篷船。情之所至，偶尔也哼几句当地歌谣。一条河里十几条船都那么划着，却几乎没有听到很响亮的声音，静寂中，只有桨橹擦着船舷在吱呀

呀的鸣唱，只有从船舷弥漫开去的波纹才让你感觉小船在布满涟漪的水面前行。各种形状、显然有些岁月的石拱桥在头顶一次次地划过，着实给人一种走进远古的感觉。岸上、桥头，过往的行人络绎不绝，拍照的游人接二连三，他们衣着光鲜、姿态各异，倒映水中，婷婷袅袅。

船靠码头人上岸，来来往往都有桥。站在桥上回眸，只见掩映在其中的河道越发狭窄和深邃，河道里却依旧是那么热闹，载着游客的小船鱼贯而入，挨挨挤挤、河道两旁，彼此相连、错落有致的房舍与乌墙乌柱浑然一体。这时，只有在岸边、在桥上行走的游客身上的衣色格外醒目，花裙子、花纸伞、女孩的笑脸在乌溜溜的水乡共同构成一幅充满古朴神韵的丹青水墨画。

作为江南水乡六大古镇之一，乌镇的老街分别为东南西北四个方向，它们呈“十”字形交叉，构成双棋盘式，河与街平行、水与房相依的独特结构。走在西栅老街的小巷，踏着脚下油光乌黑的青石板，在有着一个古色古香的招牌的茶楼里悠闲地品一杯龙井茶，看窗外巧遇的一阵蒙蒙小雨，真的别有一番风情。

在乌镇，你既可以看见小桥流水、别有洞天，又可以欣赏到有1300多年历史的古建筑中遍布门窗梁柱上的石雕、木刻；不仅可以看到栽种于唐代的银杏、建于南朝的石佛寺，还可以走进长篇名著《林家铺子》描绘的场景之中。一代文豪茅盾的故居就在东栅的小巷里。离茅盾故居不远就是至今还在营业的林家铺子，里面没有豪华的装修，也没有特别高档、时髦的商品，

置身这家家喻户晓的店铺，甚至感觉有些幽暗和空泛，但是它浓缩了一段历史，承载了一个民族在某一个特殊年代的阵痛。

走进茅盾故居，陈列其中的一物一品仿佛都是一本书中的一个精彩的细节，都像是一首歌中的一串激昂的旋律，都像是一个觉醒了的文化人的铿锵的呐喊。

我们应该细读的不仅是文学巨匠的不朽文字，需要景仰和传承的是一种心系民众的精神、一颗赤诚爱国的心情、一份一成不变的社会责任感。

乌镇的历史悠久而灿烂。六千年前这里就有先人在此创造着时代的文明。春秋战国时期作为吴国的边疆之地，吴国曾在此驻兵设防，阻止越国跨界侵扰。这里曾经战事频繁、硝烟弥漫；始建于明代、重修于清乾隆十四年的修贞观古戏台、翰林院、于榴梁钱币馆、木雕馆、蓝印花布染坊、民俗风情馆、江南百床馆等无不是体现着乌镇的凝重和厚实。

由于此行出游时值冬季，天气寒冷，游人不是很多。我们此行不曾赶上乌镇“出会”习俗中的一年四时八节，也没有邂逅农历四月初开始进行的再现茅盾先生笔下“香市”的热烈场面的水乡狂欢节。但是，在品尝过乌镇的姑嫂饼、杭白菊之后对乌镇乌溜溜的色彩却有了一种新的理解和感受。

西子湖畔晚霞红

“欲把西湖比西子，浓妆淡抹总相宜”是诗化西湖，“上有天堂、下有苏杭”是口传西湖。天下以“西湖”命名的风景湖为数不少，唯独浙江杭州的西湖最为著名。历代文人雅士、才子佳人无不以逛西湖、吟西湖、赞西湖为高雅之事。如画景致，水中院落，轶事传说，千古胜迹……整体构成的气韵、神韵和底蕴恰似温柔缠绵、肌肤玉润、风情万种的美女西施。鉴于西湖的美丽和魅力，喜欢摄影和写作的我对此心仪许久。

2010年年末，我终于有机会到西湖一游。开始我们担心天气恶劣，幸运的是连续下了几天雨雪之后，临到我们出行时天气突然好转了。那天一大早起来，只见雾气弥漫，山野迷蒙，这是南方的冬季天将放晴的先兆。上午9点我们从东乡出发，一路沿梨温高速行驶，到杭州时已是下午3点多钟。路过钱塘江、与钱塘江大桥和六和塔擦肩而过之后，大家的游兴陡然提升。于是，领队决定先游西湖再找旅店下榻。

没去西湖之前，西湖的苏堤、白堤、断桥、雷峰塔，三潭印月、南屏晚钟、平湖秋月等景点早已通过影视图片和文字描述在脑海里存有映像。站在如诗如画的美景面前，每个人都怦然心动。

顶着西斜的太阳，我们走进西湖的苏堤。苏堤两旁的垂柳几乎落光了叶子，只有一根根细如银针的柳枝，还丝丝缕缕地垂挂在岸边。碧波荡漾的湖心静泊着一群精美典雅的游船。期间，一艘雕刻着一条巨龙、远远看去金碧辉煌的豪华游艇特别醒目。

在导游的催促下，我们从苏堤的小码头乘游艇到湖里游玩。游艇的速度蛮快，不一会儿我们便到了湖心。导游这里指指、那里点点，几乎每个景点都有动人传说和奇闻轶事。不过，包括岳王庙等著名景点都只是“乘船远眺”，让人有“近在咫尺，却不能亲近”的失落。当我们在游艇上都提出要到岳王庙和断桥边去看看时，导游说，岳王庙严格地说不算一个景点，只是对一代爱国英雄的追思之地。至于“断桥”其实就是一座在江南水乡或是公园经常可以看到的桥，因为一个凄美的民间故事才让它变得神秘。其实，断桥不断，只是惊现一条略微交错的裂缝而已。

作为西湖著名景点的断桥和雷峰塔的确有不少人意欲前往，许仙和白素贞雨中游西湖纸伞传情、法海从中作梗将白娘子镇压在雷峰塔下的传奇故事几乎家喻户晓。由于时间关系和导游的行程安排这两个景点也没有前往。没有近距离的对民族英雄表达一种怀念和敬仰，我们都觉得非常遗憾。

游艇靠岸后，我们到“花港观鱼”等一些景点游览。这时，太阳渐渐西沉，斜阳从树梢穿过，照在几只在草坪上悠闲信步的孔雀身上，孔雀似乎也变得兴奋起来。在同伴的欢呼声中，其中一只孔雀抖抖精神，欣然开屏了。在严寒的冬天有幸看到孔雀开屏的情形让我们觉得特别幸运、特别开心。

从孔雀园回来，走在苏堤上，夕阳渐渐坠落在西天的山巅。这时，整个西湖都笼罩在一片金晖之中。游艇、游人全被染成了金黄色。落山的夕阳仿佛比高挂天宇时大了许多，颜色渐渐变红，红得耀眼，红得意境深远。

一位中年妇女摇着一叶扁舟，穿过苏堤的石拱桥，渐渐融入金色的花屏之中。小船渐行渐远，一圈圈微波在平静的湖面荡漾；湖心一对年轻恋人面对面坐在一艘小船上，深情地诉说着源自心底的浪漫话语，远远看去是那么的温情和甜蜜；一对中年夫妻坐在堤岸的长椅上出神地凝望着眼前的美景，

或许他们是故地重游又被西湖陶醉，彼此依偎的一瞬间，成为人们镜头中美丽的剪影。

远山、夕阳、平湖，长堤靠背椅上欣赏美景的游人，这一瞬间都成为风景。西湖的夕阳是那么柔美和圣洁；西湖的落日是那么多情和缠绵……

眼前这一幕，让人顿觉高尚与纯洁。生活中，只有用心去发现、去寻觅、去体会，一草一木、一叶一枝都是风景，都可以成为风景。西湖在不同的季节，不同的时间段都有它灵动和诱人的一面，都有走进你心灵的美的瞬间……

此行虽然留下些许遗憾，但西湖披一身晚霞的壮美却已经定格在我记忆的深处。

静谧的九龙潭

泰宁世界地质公园九龙潭原本是个堰塞湖。传说由九条蜿蜒如龙的山间溪水注入其中继而汇聚成潭。因其深藏于峡谷深涧，我们看不到一个进水口，也感觉不到水流动，她就像一条盘旋在悬崖峭壁之间的巨龙。宛如静湖的九龙潭狭长而深邃，宁静而娟秀，神秘而浪漫。

泰宁是闽西北一个边境小县，西与赣东的黎川县接壤。近年来，泰宁的旅游业得到快速发展，大金湖、上清溪、尚书第、九龙潭等一大批旅游景点得以开发并吸引越来越多的中外游客。由江西抚州市作家协会组织的黎川创作笔会最后安排一天的时间到邻近的泰宁采风。由于时间仓促，我们一行 40 余人只参观了位于泰宁老县城的“尚书第”和新辟的一个景点——九龙潭。类似于“尚书第”的古建筑我们已经看过不少，比如我们抚州乐安的流坑、东乡的上池。相比之下，我觉得九龙潭却有她特有的风采和神韵。

在“泰宁世界地质公园 · 九龙潭”标志碑边下车，沿岩间小径攀行 10 几分钟，便来到深藏闺阁的九龙潭。因故稍作休息之后，我们每 3 人一组，穿上救生衣便小心翼翼的上了竹筏。一位年纪 50 开外，个头不高却手脚麻利的艄公操着一根 2 米来长的木桨不声不响的撑着竹筏就出发了。潭水不时的温上竹筏，从水的成色可以看出潭水深不可测，潭面不很宽，两旁是原始森林和悬崖峭壁。竹筏在平静的水面漂浮，水中晃动着艄公手摇木桨的影子。桨起筏移，一圈一圈的涟漪便悄无声息的荡漾，但却委实听不到些许声响。静谧之中，只觉得耳畔隐隐传来鸟的低吟、蝉的鼓噪，这美妙的音符出自眼前的树林。随着竹筏的深入、山岩的高耸以及林子的茂密，那音符愈发响亮、悦耳，让人不由得想起“蝉噪林愈静，鸟鸣山更幽”的绝句。

九龙潭是泰宁世界地质公园的一部分，景区开发的时间不长。我们去时，通往景区的景观大道正在铺修。其地形岩貌与江西龙虎山、广东丹霞山、贵州习水等相似，均属丹霞地貌。九龙潭内丹峰突起，座座依水而立，岩壁上布满了大大小小、形状各异的岩洞。艄公一一指点那些由岩及峰、由洞及形的景观，经琢磨和联想倒也有些相像。不过，我还是对生长在悬崖上的那一簇簇正开得鲜艳的黄花菜感到惊诧。艄公说，这儿的山崖上到处都有黄花菜，由于石壁陡峭，总也没有人去采收，故而都自生自灭。不过，留着也好，游人可以闻到它的花香。这一说，我们才感觉湖上、山洞的确弥漫着一股沁人的馨香。正陶醉时，艄公手指旁边的一簇簇有着一片片狭长叶子的植物，说若是初春来这里，我们还可以闻到浓郁的兰花香呢。我们细看，发现这里的兰花的叶子比我们曾经在山里看见过的要浓密、宽阔、厚实，色泽也深暗。我们都有点疑惑，艄公说，这是这儿特产的一个兰花品种。去年，有外商在这儿买了一株，价格3万多元。不过，以后、特别是景区的兰花是不会再卖的。是啊,空谷幽兰、香随风动，游人自然心旷神怡、流连忘返。

九龙潭最具特色的是“一线天”景区。在中国的风景区，“一线天”恐怕是出现频率最高的。但是，距离长、淹没在水中又可以通竹筏的估计不多，甚至没有。艄公介绍，这里的“一线天”有1000多米，最窄处不足一米，却可以同时进出多条竹筏，它们或鱼贯而入，或迎面相逢，均可顺畅通过，有惊无险。我们有些胆怯的端坐在竹筏上扎牢了的小竹椅上，仰视幽静阴森的峡

谷中的一线蓝天，感觉两旁坚固突兀、神情可怖的岩石仿佛都要向我们挤压过来，可艄公却泰然自若。只见他操桨自如，一脸的轻松。兴趣来时，那位看上去像村干部模样的中年汉子还饶有情趣地为我们唱起客家山歌，尽管有想“索取不当费用”的嫌疑，但在这恍若世外桃源的幽谷深潭聆听乡音俚语、民间小调倒也确有几分惬意。

从“一线天”出来，艄公突然问我们带了雨伞没有，同筏的女作者回答有遮阳伞。艄公听了，没有再说什么，我们也没有在意。待到了另一个名为“色狼面壁”的景点时，两山之间的天空突然下起豌豆大的雨点来，且持续下了10多分钟，我们都觉得纳闷。艄公说：“九龙潭的天气就这样，常常‘东边日出西边雨’。大概是森林茂密、水分浓重的缘故吧。刚才我不是问你们带了雨伞没有吗？”

我们看看天上，也就头顶上一团云。出景区后，公路上一点下过雨的痕迹也没有。当时，这位普通话说得挺好的艄公逗趣说：“你看，立在那儿的色狼，因为在‘仙女沐浴’那儿偷看了美女洗澡，被罚在这儿面壁受戒。老天爷不时的下一阵雨让他清醒清醒头脑。”我们听了都觉得有些道理。我想现在是色狼泛滥的年代，这样的雨恐怕要多下几阵才好。一旁被我们戏称为“艄母”的女艄公朝竹筏上的游客说：“男客们在竹筏上要规矩点，否则被罚到这儿来面壁可得受苦呢。”

不少景区乘竹筏漂流都是上游下水，下游上岸，唯独九龙潭是原路返回。于是，那些几乎贴近水面的树林，那些遍布在悬崖绝壁上的洞穴又从不同的角度一一呈现在眼前，尤其是一个个载了游人的竹排和一簇簇长着浓密的叶子的树木在水里的柔柔美美、婀娜多姿的倒影更是迷人，景物相映成趣，笑声随波荡漾。

这时，我们突然看见这样一幕：在靠近水面的一块巨石旁，一条巨龙正在缓缓游动，龙的周身闪烁着片片银色的光芒，侧身、腹部的龙鳞看上去十分逼真，乍一看仿佛真龙出洞，欲搅动一潭秀水。细看才知道，这是一幻景。时值晌午，偏西的斜阳映照在微波荡漾的湖面，其倒影恰好折射在一块形似巨龙的石头上。远远地看去，仿佛那龙真的在游动。

景不在多，有奇则名。九龙潭溪无源头、潭无碧波却夹缝过排、花香满谷，还有蝉鸟争鸣、神龙戏水……有这些就已经足够了。

回程的路上，年轻的导游小姐一直为艄公因故未及时让我们上排游玩以致耽搁行程而真诚道歉，与我们道别时一再叮嘱我们有机会再来。她说，九龙潭的金秋是才最美丽的，那时霜叶染色、层林尽染，更是游人、尤其是情侣的天堂。

眼下，泰宁正在与江西龙虎山等六大丹霞地貌同组“中国丹霞”作为今年我国唯一申报世界自然遗产的项目。作为邻乡的游客，我们期待着她的夙愿如期实现。

三清山印象

“五一”长假后的一个双休日，我们应家住上饶的同学的邀请，一同去该市玉山县境内的三清山游玩。

这天一早，我们便驾车出发，大约两个小时，便来到了上饶同学的家，在她家小坐片刻后，我们便驱车往玉山进发。又过了一个多小时，我们才到了位于半山腰的三清山景区的起点所在地。一下车，我们便被眼前的景致陶醉：只见群山叠翠的峡谷里，一缕缕的云雾在山林间升腾、飘飞。可是，当我们在同学单位在景区设立的招待所（宾馆）吃过中饭后，大雾突然将眼前的景物严严实实地遮盖了起来。紧接着，就下起了小雨，我们只得在宾馆里隔着窗户一边听着窗外滴滴答答的雨声，一边在心里祈盼这场雨能及时停下。没想到这场雨却下了整整一个下午。傍晚，雨停了，我们一行6人到附近绕了一圈，一方面了解一下上山购票的情况，一方面做好明天登山的准备。

第二天早上5点多，我们沿着那条登山石径出发了。一路上虽有从山涧飞溅而下的水流声相伴，可登山的路毕竟太长且陡峭，大家气喘吁吁来到中心景区时，与我们一同在旅店里吃早点后乘缆车上山的外地游客刚好在缆车终点与我们相逢，之后我们一同开始登山。没走几步便看到一块巨石上，刻着我们东乡老乡、被称为“红军书法家”的舒同先生题写的舒体“三清山”三字，顿感亲切。于是，我们先在这儿照了一张合影。尔后，随着人群往西海岸景区沿顺时针方向开始游玩。

在山脚下看景区觉得山高入云，一片葱郁。车子沿盘山公路走了半个小时来到景区大门时感觉到了山上。谁知爬了90分钟的登山道，到南清园景区时人仿佛还在半山腰。这儿有宾馆、旅店。在这里看四周的景物，除了奇松，就是怪石，重重叠叠，各有姿态。待到了西海岸栈道的起点处，眼前才豁然开朗。高大的怀玉山此时也在我们的脚下，云彩在怀玉山和玉清山之间飘荡、弥漫。导游说，方志敏烈士当年就在这一带闹革命，最终因叛徒出卖，在云遮雾锁的怀玉山中不幸被捕。我一向崇敬毛泽东等革命的伟人，对这个传说也就格外感兴趣。

西海岸景区有许多景点，导游不在时，只能凭自己的眼力或景致的模样去猜想和品味。高山在眼底，白云在脚下，栈道在空中，嬉笑在身旁，美景在变幻，怎不叫人心旷神怡。不过，印象最深的还是那悬在峭壁上的长长的栈道，真不知道三清山的主人们是怎样将它建成的。脚下万丈深渊、云雾飘荡，昂首石壁刀削，突兀森郁；一条栈道在峡谷、隘口蜿蜒盘旋，绵延数十里，远看像一条彩带在山涧飘浮，回看走过的路叫人顿生后怕。奇怪的是这样大的工程竟没有发现采石凿岩、动土施工的任何痕迹，甚至连占据栈道的一棵树也依旧保存着。这栈道既是奇景又是奇迹。我想，踩着环保和智慧凝结成的栈道，在奇石、奇松和变化莫测的云雾中穿行，纵使没有任何景点，也境界高远，人若天外。

行走在时陡时平、时窄时险的栈道上，看着游人之间的打闹、逗笑，听着陌生旅客的问好与搭讪，我们顿觉，在天人合一的境界里，人与人之间还有什么可以介意的，事与事之间还有什么可以计较的，利与利之间还有什么

可以在乎的。那一刻我们全是朋友，全是知己，全是心怀大爱、博爱的人。诚然，这条窄窄的但却是长长的栈道，俨然是一个精细了的舞台、浓缩了的窗口，人物是各色各样的，情感是各式各样，思想与期盼也是各式各样的，但此刻大家的心境和快乐却是一样的。携一颗爱心远行，目之所及都成了美丽的风景，都在这幅凝固的画中叠印和定格。

让我们感动的是与我们几次邂逅的两位年逾八旬的老人。他们由三十几岁的女儿陪伴着爬上了观景台，走完了西海岸栈道，在陡峭的林间石径上一步步地攀登着；还有那悄悄从我们身边经过的三清山的民工，他们肩扛一包包沉甸甸的水泥，沿着台阶一步一步地吃力地爬着，仿佛石阶都被他们有力的脚板震颤。他们其实应该成为我们热爱生活，履行职责的楷模。

承载着这份沉重，我们来到了位于三清山北麓的三清宫，这里古松林立，姿影婆娑。一汪碧水立于云天，煞是清澈。宫殿前的石门石刻如同宫殿及传说一样古朴苍远。当我们又一次看到三清宫大殿门楣上高悬着的、由同治年间东乡籍一位王姓居士的题匾之后，亲切感再一次油然而生。在如诗如画、名闻遐迩的三清山一再留有东乡人的手迹，对于经年爬格子艰辛为文的我怎能不欣慰。

离开三清宫，我们沿着东行的栈道，穿过千年杜鹃林和惊险的吊桥，便来了三清山标致性景点“玉女司春”、“巨蟒出山”所在地，它们的神韵、气势及给人的震撼无须我再去重复和累赘。兴许是久闻其名，心有影像，却一直未曾亲眼目睹。在同伴的脚步戛然停止时，我一个人坚持再自独行，结果一瞩了出山巨蟒的风采，而司春的玉女由于他们一次一次的要求下山的催促，

最终没有近前，这不能不算是一种遗憾。

与30年前的同学结伴同游，延续那份纯真与坦然的同时，倍感友情和平常心的可贵。

朋友，远离喧嚣与名利，让一颗属于自己的纯真心的去没有去过的地方远行，阳光和世界都会与你一样年轻、快乐……

结缘三清山

三清山，我又来了！

屈指算来这回已经是第三次来这里了。不是贪婪也不是痴迷，实在是一种情缘、一种秉性、一种钟情的使然。

这天，我随上饶市《信江》杂志编辑部组织的“全国散文作家三清山笔会”的30多位散文作家，在活动组织者的引领下，穿过湿漉漉的晨风，从新开辟的金沙索道乘缆车登山。20分钟左右，我们便下了缆车。回首山下，才知自己已经位于一个不可思议的高度。

去年夏、秋两季南方持续干旱，江西近两个月没有下过大雨。立冬后，突然下了一场规模较大的、平时难得的冬雨，使得原本就属于山区的赣东北地区变得潮湿阴冷。游览三清山的头一天，细雨沥沥拉拉地下了一天一夜。第二天早上，天空还是迷迷蒙蒙的。

我们走在相对舒缓却一路都是树龄千年、树干大多有碗口一样粗的杜鹃林的栈道上，可见度不足10米，山上山下一片苍茫。有同行的游客极力渲染：他一个朋友来三清山的那一天，淫雨霏霏、雾锁全境，终日未开，以至于瞎折腾一天，什么也没有看到。随行的导游逗趣说，三清山本来就是雾的故乡、云的天堂，腾云驾雾也是一种享受。可话虽这么说，若是真如此，对于来自北国南疆的散文作家们实在是一种遗憾。

我们有说有笑的来到三清山的第一个标志性的景点——巨蟒出山时，导游用手一指，告诉我们那就是巨蟒出山。我们朝那儿看时，什么也没有，看到的只是一片浑浊的天空。可就在我们觉得失望正准备离开时，奇迹突然出现了。还是在那个位置，只见右边的山顶飘来一团团乳白色的云雾。云雾过后，露出了山石的峥嵘，随即现出一道阳光。导游说，大家朝前看，巨蟒就要出来了。我们将信将疑，目光都

停留在那里。果然，片刻功夫，天空中渐渐出现了巨蟒的轮廓。大家赶紧掏出相机噼里啪啦的拍起照来，生怕它稍纵即逝。转眼之间，巨蟒又淹没在浓雾中。可是大家都没有离开，都有一种虔诚的期待。几分钟后，巨蟒又从青云中脱颖而出，完全展露出它的真容。这一刻，游人都屏吸仰视，一种崇敬、惊叹之情油然而生。原来巨蟒是这样高耸威猛，只见它引颈顿首，凝视前方，目光是那么犀利和威严，神情是那么神圣和敏捷，那形态宛若鲜活的大蟒，那气势让人由衷地折服。此刻，它刚从山间溜出，准备游向云涛翻滚的大海。

怀揣一颗激动的心，在导游一遍一遍的催促下，我们离开了气势雄浑的巨蟒。没走多久,便远远的地看到了三清山又一个标志性的绝景——司春女神。导游告诉我们还没有到这一景点的最佳观察点，我们只好继续往前走，但总觉得眼前还存留巨蟒昂首出游的身影，让人禁不住回头眺望。

苍松之间、山谷之中，司春女神终于赫然地展现在我们眼前。只见她留着短发，背靠青山，端坐悬崖，深情地俯视着大地。透过不时泛起的团团云雾，凝望庄园苍生，她深情的眸子里满含依恋和挂念。显然，她的沧桑的脸上、皱褶的眉间写满了真情，看似石砌的心间却蕴存着博大的真爱。这位伟大的母亲用一颗亘古未变的信念为我们树起了一座中华民族女性端庄、深情、挚爱、奉献的丰碑。

与之对话，感恩之心盈满心间。

为此深沉的时候，导游催促我们去山顶看另一道奇观——云海。云海是一个诗意的字眼，对于从没有领略过的我不免有着一种冲动。作为景区五大观景点之一的玉台，是三清山观察日出、云海的最佳地点，我们顺道迅速前往。站在玉台，顿觉人在山巅，眼前一片苍茫。空旷的蓝天下，连绵的云海横卧于天际之间。阳光下，云海的平行线上是蔚蓝的天空，下面是微微舒卷的片片云朵。蓝白相映、撒满天穹，蔚为壮观。面对云海，游人思绪蹁跹。人在凡尘，难脱世俗，心态如能像掠过浮云的那根线一样平衡、为人能像蓝天、白云一样分明、境界能像眼前的天宇一样邃远，就能够少一些烦恼，多一份宁静。屹立峰巅、面对云海，才发现自己的高大、自信和伟岸。定格了这一刻，又有什么攻不克的坚、过不了的坎?

行走在三清山的栈道上，惊险之余我们感觉到的是神清气爽、心清如潭、性清似水。目之所及，都是颐养精神、陶冶心境、修炼性情的万千景致。或奇松、或怪石、或拟人、或状物，均活灵活现、形神兼备充满灵性，让人生出几分爱恋，感觉几许亲切。

由于景色迷人，大家都有点依依不舍，以至于原本安排的另一个景点——“西海栈道”无法前往，让参加笔会的北方朋友多少有点缺憾。但此行却恰好实现了我的一个小小的夙愿。因为，之前我和高中时的同学、单位里的同事两次来三清山，都只游了三清山的北线和西线，只去过西海栈道、三清宫。这次，与参加笔会的朋友相聚三清山，让我有幸结识一批性情中人的同时终于见到了巨蟒和神女的真容。

来自北方的朋友感叹这是他们有生以来见过的最精美的山。家住湖南的

文友由衷地盛赞，三清山真的比她家乡的那座名山更秀奇。从中原来的几位作家，是从几十年不遇的早雪、大雪中几经颠簸赶来的，游过之后同样发出不虚此行的感叹。

归途中，导游说，在这个时间段，同一天能看到这么美丽的云雾、这么壮观的云海、这么清晰 r 峰峦，实属不易。说明作家都有造化，三清山格外青睐有爱心的人。

是啊，心里有三清，天公也作美。我三次来三清山，都是上山之前遇雨，到了山上天骤然放晴。就冲着这一点，我还要来，我还会来。三清山，您等着……

初到龙虎山

在中国比较知名的旅游景点中，龙虎山是离我们最近的，也是我和朋友光顾次数最多的。平生第一次出门看风景，去的就是龙虎山。当时，龙虎山尚未开发，我们看到的几乎是原生态的自然景观。可就是这些近在咫尺却风光无限的奇峰秀水从此萌发了我对旅游的浓厚兴趣。

那是八十年代初的一天，我和我的同事骑自行车到仙水岩、龙虎山、上清宫一带做了一次巡游。当时，我还在家乡王桥乡一所名叫楼下小学的村级完小当民办教师，学校离邻县余江县城也就10来里路。当听说离学校不远的鱼塘乡，有一条泸溪河，河边有一个叫仙水岩的地方风景很美时，我和同事决定去那里看看。之前，同事根据他们村里曾经在那条河里放过木排的人的描述精心地绘了一张简易的路线图。后来才知道，发源于资溪武夷山的泸

溪河，流经贵溪市鱼塘乡仙水岩一带时，两岸石山耸立、悬崖峭壁、姿态各异、惟妙惟肖，高耸的石岩中藏有棺木，棺木历经数千年不腐，站在河边举头仰望，洞中棺木依稀可辨。沿仙水岩逆水而上，大约一二公里处有相依相随的两座山，看上去似乎像龙似虎。它便是真正意义上的龙山、虎山。合而为之，得名龙虎山。

那天一大早，我们一行 7 人便从学校骑着自行车出发了。我们从近道经过余江县马荃前往贵溪的鱼塘。大约一个小时就进入了景区。首先看到的是宽阔的泸溪河畔傲然屹立的一座石柱。它面向东方、高过百米，一柱直起、势如刀削。隔河仰望，的确像一柱擎天，充满男子特有的阳刚之气。从未出门看过风景的我们顿觉惊诧和折服。带着新奇与兴奋，我们前行来到仙水岩一带，依旧是在河的对岸，只见临河生出一座巨型的石山，石山到了腰部渐渐分成了两半，一半像一位低眉落目、满含羞怯的女尼；一半像一位英俊内敛、憨厚多情的男僧。男僧趴在女尼的肩上，两人急匆匆的来到河边正准备涉水过河……原来，这就是大家传说中的仙水岩一景——“尼姑背和尚”。大家看了都觉得是有点相像。由于隔着河，又无攀登阶梯，我们只能隔河远眺，屏息凝视。

听同事绘声绘色地说完尼姑背和尚的故事后，我们骑车继续往龙山、虎山一带进发。我们来到一个名叫蔡家的村子，向一位正在田间劳作的村民打听龙虎山的位置。村民用手往河边一指并告诉我们龙山、虎山就在河的对面。不过，要接近河堤才能隔河相望。这一带杂草丛生、灌木茂密，恐怕进不了河堤。在村民的指点下，我们穿过一块荒漠地、劈开一片蒺藜荆棘最后总算接近了河岸。站在河堤，透过河堤上那茂密的灌木的缝隙，只见河水急流，河心不时地有渔人打鱼和放木的木排经过。泸溪河的上游是抚州的资溪县，资溪与福建的武夷山接壤，境内大多都原始森林，盛产杉木、竹子。春夏两季，山民常在这条河上放排，将杉木和香菇、木炭等山里干货运到鹰潭、余江、东乡、黄金埠等地出售。放排人光着膀子、手持竹篙站在木排上，熟练地操纵着一只、或是一串木排，在宽阔的泸溪河上静静地漂流着。瘦瘦的竹排、站在竹筏上的壮实的放排汉子，放排汉子的吆喝声、竹筏经过险滩时放排汉子吼出的号子一起飘荡在河里。河对岸几乎都是光秃秃、黑黝黝的石山。有的像一道巨型屏障，有的像一个硕大的钟鼓，有的像一只调皮的猴子……

山势连绵起伏、峰峦峥嵘。竹筏在河里荡荡悠悠、飘然而过。阳光下山水辉映，景致奇异，风情雅趣、各显神韵。放下手头活计、为我们引路的一位淳朴的村民指着不远处那一座像连绵的波涛的长条形石山说那就是龙山，我们看了觉得是很像。后来他又指着旁边的一座石山说那就是虎山，并煞有

介事地指出它的坐姿和头尾的位置。我们看了有些生疑。说实话，就是现在我还不能准确地说出虎山究竟是指哪一座山，虎的形象是怎样的。

正如我先前所言，所谓的景点都是文人墨客、风雅游人四海云游时依据眼前的景物展开想象然后绞尽脑汁进行类比尔后捣鼓一个风雅的名字、杜撰一个优美绝伦抑或哀怨凄楚的传说，让人慕名前往，继而信以为真，痴迷陶醉……

不过，那一刻在龙虎山，除了竹筏、山影之外，我印象深刻的是一座高耸的绝壁上洒落的一柱水帘。微风中，河对岸的绝壁上一股水柱倾泻而下，直落河里。远远的都能闻听银色的水柱落入河里的声音。当时也许是雨季，也许是别的原因才有幸看到那一幕。后来，我去过若干次，再也没有见过瀑布飞溅、渔人撒网、竹筏漂流的景观。龙虎山和大觉山相继进行了旅游开发，村民再也不空守资源、望景兴叹。山民再也不用伐木卖炭，没有了河上放排的艰辛岁月，当然除了满河的游人，现在也就没有了河上打鱼、放排的景致。

离开龙虎山，我们从一个叫四家的村子搭乘小渡船去上清镇。那时，“嗣汉天师府”刚刚开放。附近的村民都在家待着，游人加上赶集的村民，把一条临泸溪河而建的上清街挤得水泄不通。古街上人来人往，家家

餐馆顾客盈门。我们在一家忘了名字的面店里吃了一碗现拉现煮的上清拉面，觉得那是有生以来最可口的一碗面。无论质地、调味、口感都是令人难忘的。原来，上清拉面、上清板栗、上清豆腐都是地方特产，早年就闻名遐迩。

在“天师府”看过那块残缺的石碑和那口趴在地上的铜钟、以及天师先人栽植的桂树、樟树和多个大殿里供奉的神灵和道场之后，我们慕名欲去上清宫。工作人员说，《水浒传》开篇提到的天师镇妖的故事的发生地上清宫确实存在，镇妖井尚存，离天师府也就一二里地，但是目前尚未开发，现在是镇里一个林场所在地，你就是去了也看不到什么。听了这话，我们只好作罢。后来，大家来到天师府前的泸溪河畔玩耍，泸溪河是那么清澈，镇上临河而建的房子的基柱一根根立于水中，这就是所谓的“吊脚楼”。水移楼动，宛若苏南水乡。

太阳西斜，一行8人才从上清镇沿着简陋、陡峭的砂石路，披着斜阳一路返回。

第一次去龙虎山，感觉的是龙虎山的本真和澄净。大自然真是鬼斧神工、绝妙经纶，它给我们留下的是无尽的财富和希望。如今的龙虎山，道路通畅、景点频添，各项旅游基础设施完备，尤其是同时具有金枪峰、大地之母这样天下难觅的诡秘的绝景，有千年岩墓、水上吊棺表演这样充满玄幻的看点，有道教圣地、误走妖魔这样弥漫着仙气的传奇，全国各地游客慕名而来。清澈美丽的泸溪河，雄伟壮观的龙虎山相依相随，相映成趣。河上竹筏漂荡，山间游人晃动，俨然一幅图画。

由于离得近、风景美，它成为我和作家、文友们经常光顾的地方，每一次都有新的发现、新的感受。

龙虎山，在我心里永远那么亲切、那么随和，那么迷人。

探幽神农宫

位于万年和弋阳交界的溶洞游览地——神农宫位于万年县大源镇黄天峰下，一条普通的乡村公路旁。对面的盘岭村子乍一看肯定会让你失望。

赣东北山区也极为普通，看上去只有三四十户人家。村民的房舍稀稀疏疏的建在穿境而过的公路两侧；这是一座看上去并不高耸也不伟岸的山峰山上没有茂密的丛林，山下也没有流水潺潺的小河。如果没有立在路旁的宣传牌的提醒，谁也想不到这里竟然是万年神农宫旅游景点所在地。即使你走近景点大门，你依旧觉得这里似乎没有什么可以观赏的景物。抬头仰望山顶，只见上面稀稀拉拉地布满一些灰白色的石块，远远看去就像寒冬未曾融化的残雪。然而，钻进地下溶洞，在阴凉的地下溶洞里绕上一圈，你就会领略到洞中的千古奇观和异样的风情，继而探究其深含的底蕴……

驱车从万年县城出发，沿新修的、通往市府所在地上饶的盘山公路东行20公里便到了神农宫景区所在地——万年县大源盘岭。神农氏的大名几乎家喻户晓，可是作为“宫殿”似乎有些夸张。这是因为这里除了正在兴建的景区牌楼和旅游基础设施之外几乎没有深宅大院、楼宇殿堂。后来才知道，神农宫其实只是一条为盘岭村排水的地下河。由于地下河水的反复冲刷，在几乎都是以石块为主的岩洞中形成了形态各异的钟乳石。近年来，经开发商几经打磨，修通进出的路径，新增各色观景照明彩灯，便成为江南少有的这一地下游览景点。

我们沿着人工开凿的隧道下行百余米便进到了地下河的位置。今年初夏，江西气温偏高。这天天气晴朗，下车时大家都觉得闷热。没想到进入洞中，顿觉凉爽至极。在各色景观灯的映照下，洞内似乎并不觉得幽暗和郁闷。游人沿着洞内开凿的石径小道一步步前行，只见各种姿态、各种造型的石笋、石钟乳都一一呈现在游人眼前。就如同所有的风物景观都依据远古的传说，依赖文人的文字加工，依仗观赏者肆意想象，加以命名和赋予气韵，最终却依据游人的心情、境界、阅历的不同而各有感悟和收获一样，神农宫的钟乳石、石笋也被赋予生命力，而且是那样鲜活和灵动。看过之后，不免觉得这里的景致在心中产生的强烈的震撼力。人们常说大自然鬼斧神工，造物主法力无边，可是在这样一个不靠大海、不近江河，更不属于名山大川的地方却莫名其妙地生出这样一个神秘、深邃和美丽的地下溶洞多少让人难以理解。

神农宫究竟有多深，没有人知道。在已经开发可供游人观赏的部分大概有一二公里。

期间，除了千奇百怪的石笋和钟乳石还有一个可供游人乘船览胜的小型码头。洞内有一条小溪在悄无声息地流淌着，聪明的开发商截取一段溪流垒起一个微型水坝。溪上可行舟，游人盘腿坐在小舟上能感受一番“人在舟中坐，景在身边流”的异样风情。坝下自然是一道瀑布，虽然落差不大，精明的开发商却无限夸张给它取了一个响亮的名字叫西沙哈拉大瀑布。就冲着响亮的名字，还真有不少俊男美女在那里煞有介事地拍照。

洞中原本就是一个微缩了的世界。在世事纷扰、人心不定、真假难辨的当今，恐怕

就只有父母给自己取的名字是真的。因而在虚虚幻幻的忙碌过后，从相互遮掩的网聊中，从尔虞我诈的麻将桌上溜出来，到据称需经亿万年才能形成的溶洞中游走一番，感受水滴石穿的恒心，观赏栩栩如生的景致，体味终生寂寞的淡定，探究自然的奥秘，实在是一种温馨和惬意的事情。置身洞中，就如同走进一个光怪陆离、虚无缥缈的童话世界，任思维和想象的翅膀肆意飞翔。洞穴的形成，暗河的去向，在那一刻，你就是一个超尘脱俗的思想家，是一个天马行空的孙行者。用这种心态看什么都觉得生动逼真，都觉得赏心悦目、心旷神怡。

穿石缝、过拱桥、登云梯、踩石墩，一路走来，眼前美景变换、目不暇接。踩在镶嵌了卵石的小径上脚板酥酥痒痒。移步期间，看头顶千姿百态的钟乳石，听脚下潺潺作响的流水声，读深情优美的故事，心情无比舒畅。溶洞中有无数个小洞，且高低、大小、深浅都大相径庭。最高的石钟乳足有三四十米，最宽的洞穴可以容纳上千人在一起聚会。其中，以神农造像和神农大殿最为壮观，也是该景点的亮点所在。置身其中，的确有曲径通幽和峰回路转的新鲜和惊诧。

在一方草地中，一群动物王国的使者正在浩浩荡荡地出行。昂首阔步走在前面的分别是大象、山羊、麋鹿。它们正向前方一个浅浅的水池悠闲地走来。这景致如果是天然的，那是其他溶洞景点无法原汁原味的复制的。

为了不留下遗憾，也为了让没有机会出游的家人和朋友分享，我每到一地都尽可能把我看到的景物都拍摄下来。不过最为壮观的还是位于开放区末端的神农殿，这里景致集中，场面恢弘，空间宽阔，影像造型逼真。只见“神农”端坐其中，眼前是一片青山，山上峰峦起伏，怪石嶙峋。身后流淌着一条深不可测、凡人无法可及的暗河，与幽暗、静幽的溶洞延伸到更远的地方。

好文章都给读者预留了一个或多个想象的空间，这些空间往往能吊起读者的胃口，因而一个悬念就是一种诱惑，一种冲动，一种尝试，一种收获。神农宫全长7000多米，目前开放游览的只有1600米，其余5000多米被设为“原生态溶洞探险区”，仅供国内外探险家开放。据介绍英国著名探险家曾独自一人深入其中探险，在进入3500米后，前方仍然没有尽头……

亲近神农宫不仅可以近距离的观赏质地清纯、色泽如玉的钟乳石，同时还可以感受千年地下河特有的凉爽和神奇。神农宫像晨雾中披着薄纱起舞的少女总给人一种朦胧的美，一种神秘的美……

这种美深藏洞中上千年，甚至亿万年，就如同我们的思绪久远而深邃。

梦里，仙鹤归来

一声清脆的火车鸣笛声将我从酣梦中唤醒。新的充满绿色和希望的一天来临。

推开下榻宾馆的窗棂，只见一列过往的客车仿佛在城市的上空像一条长龙正徐徐地驶出车站，远处，群山连绵，高耸陡峭。清晨，山间弥漫着雾霭，大觉山像一位修行的高僧隐匿在云雾之中静心悟道，潜心修禅。迎面吹来一阵充满山林馨香的清风，让人感觉身在山城，心在林间，心旷神怡……

近年来，地处赣东边陲、武夷山脉西麓的资溪县秉承“生态立县，绿色发展”的理念，将一个人口稀少、交通不便、工业、农业发展资源匮乏的山区贫困县一举打造成赣东大地上一颗耀眼的明珠。中国生态旅游大县这张质地厚重、掷地有声的名片，让身处大山身处的资溪人扬眉吐气、神采飞扬。

华夏绿洲、休闲圣地，人家仙境、觉者天堂。走进资溪，仿佛满眼青山，满眼绿色。一路翠竹连绵，山林茂密。小溪遍布、溪水清澈。这里森林覆盖率居全省之冠、全国前列，因而聪明且有远见的资溪人靠山吃山，在全民招商、共同致力于扩充工业园区版图的大合唱中另辟蹊径发展旅游业，从而使一个从前名不见经传的山区小县一夜之间声名鹊起、扬名内外。

大觉山漂流、法水温泉泡澡、马头山原始森林，面积为1251平方公里、人口为12.6万的资溪，除具有国家4A级风景区大觉山之外，已具规模且人气渐旺的旅游项目、旅游景点竟达10来个。全县旅游年收入居全市之冠。

旅游是二十一世纪热门话题，更是无烟环保创收的一条康庄大道。身居大山的资溪人爱乡恋山，他们观念前瞻、思路超前，在一幅原生态的山居图上巧妙地进行了点缀，渗入了时代的元素，在带动当地山民致富、为四面八方慕名而来的游客带来欢乐和享受的同时，让群山多了一份灵动，让青山多了一份生动，让深山多了一份热闹，让竹林多了一声鸟鸣，让溪水多了一串音符，让山里女孩多了一份娇媚和神韵。

资溪，一个值得前往的地方，一个让人难忘的地方。

记得大觉山旅游刚起步的时候，资溪文联与旅游公司盛情邀请抚州市近30位知名作家前往景区游玩。时隔6年之后，我们再次受邀前往。见到的依旧是满山苍翠，春光无限。所不同的是旅游设施更加完备，景点开发日渐增加。全程超低空运行的登山电缆车缓缓地在山间运行给人以安全、舒适的感觉，置身其中俯视山间，树梢、涧水清晰可见。太空行走，让你惊心动魄的同时感受着行云之趣。漫步山巅，眺望逶迤苍茫的武夷山顿

觉境界高远，心胸开阔。

与笔者同乘一台缆车下山的资溪县政协主席、著名作家方树成告诉我，大觉山旅游公司已着手该地景点的二期开发，即通过开凿山底隧道，开通观光小火车与索道、峡谷漂流相配套，增设洞中游乐、购物等旅游项目。目前，隧道已凿通大半，不久的将来，游客可乘地下小火车穿越大山看山那边更加秀美的风景。

方主席的介绍让我有所期待。之前，我们在法水温泉也曾听公司老总介绍了其发展愿景。这些年，大觉山漂亮、法水泡温泉成为资溪旅游的亮点，也是让中外游人走进资溪、感受资溪、铭记资溪、回味资溪的亮点。

法水温泉，地处幽静之地，两旁山岭之上树木参天、毛竹成片。期间，大小 30 多眼温泉浴池依次向上排列，虽池子的大小、形状结构有所不同，但是池水的温度和清澈度却是一样的。我们置身其中，只见池底通透，毫发可见。挨个浸泡过后，顿觉肌肤润舒，精神焕发。离开时，作家们都流连忘返，赞叹之词不绝于耳。

由于时值初夏，水温偏低，不宜漂流，有些作者留下了没有亲自参与大觉山漂流一回享受超强刺激的遗憾。我因为来过几次，也漂流过几回算是感受了其中的快乐。据介绍，到了盛夏，华东、西南乃至东北的漂流客都慕名而来，生意十分火爆！听了介绍，没有漂流的有些急不可待。

为了弥补些许遗憾。大觉山旅游公司特意安排我们游玩了位于景区的影视城。这座乍一看就几栋仿古木屋构成的房子觉得狭小，停下脚步、进到屋里才知道，空间是那么大。驿站、亭台、书院、楼馆一应俱全。街道宽阔，小溪潺潺，河上拱桥、河边风车，错落有致，栩栩如生。最别致的应该是董永的房子，虽外表看上去低矮土气，里面的布置却十分恰当。据说，一部名为《七仙女后传》的电视连续剧很快就要在这里开拍，大家都趁早在七仙女织布的南机上坐坐，在董永的书桌上坐坐，搞笑的更是背上董永的布包行囊，手夹雨伞唱起了黄梅戏：含悲忍泪往前走，那逗趣的歌声在翠绿的山谷中回荡。

置身资溪，感觉山是那么可爱，绿是那么多情。感谢资溪的朋友一次次的相邀，心在，眼里的风景长留；爱在，眼前的风景更美。

这么想着的时候，忽然觉得传说中的仙鹤应该或是已经来过，而不曾亲眼目睹的我，只好在梦里期待！

隔越时空与抚州先贤们深情地对话

新近落成的抚州名人雕塑园里依次耸立着66位抚州名人。其中包括被列宁誉为“十一世纪的改革家”的王安石和“东方的莎士比亚”、著名戏剧家汤显祖及革命家李井泉。除陆游等极少部分为在抚州任职并为抚州人所拥戴和怀念的之外，几乎都是在这块红色的土地上土生土长的文臣武将、诗文高手、书画名家、艺术泰斗、民族英雄……这些璀璨的群星隔着时空相聚一堂，置身于林间湖畔。游人穿行其间，驻足在塑像前，用心灵和崇敬与之对话，爱乡爱国、进取奋发之情油然而生……

2011年10月，位于抚州市区正南、毗邻市行政中心的名人雕塑园竣工之际，抚州市作家协会组织江西、特别是抚州的部分作家在园区管理层的盛情

邀请下到园区一游。这天下午，我们一行20余人兴致勃勃地来到园区接待处，搭乘其备置的敞篷环保旅游观光车迎着盛夏的骄阳出发了。漂亮的导游小姐透过手持音响熟练地介绍着名人雕塑园的建造过程、框架结构、景点布局、游览亮点……

簇新的观光车徐徐地驶过三孔巍峨壮观、形似彩虹的石桥之后，眼前一片开阔。远远望去，只见山丘起伏，湖泊棋布，桥横水上，大树参天。地上青草茵茵，蓝天白云朵朵，一座座造型逼真，神态端庄的塑像坐落其中。据介绍，这里游人同时可以通过陆路和水路分别进行游览。车子在景区缓缓地行进，一幅幅美景在我们眼前出现，一位位名人来到我们身边。除位于进园中轴观光走廊即天圆地方广场两侧的王安石、汤显祖两尊特别高大、显眼的雕塑之外，其余都依次排列于丛林深处、湖泊之畔。这些由国内建筑雕塑大师创作的抚州名人雕塑，抓住各自最本质的特征和人生亮点、个性事件及故事传说进行瞬间的刻画，看上去极具神韵、栩栩如生。游人通过其生平事迹碑文简介，近距离地管窥了其所处的年代的风云岁月，感受了其在特定环境中的音容笑貌，读取了其伟大的品行、灵魂和境界。

抚州自古名人辈出，文化底蕴深厚。市委、政府高擎“临川文化”的大旗，斥巨资在抚州市区建立抚州名人雕塑园，旨在擦亮“临川文化”这一闪光的品牌，让其与梦湖、梦园、拟砚台、玉隆万寿宫、汤显祖大剧院、牡丹亭影视基地、玉茗公园等与“临川文化”息息相关的景观相互衔接、交相辉映，共同打造梦城抚州、湖城抚州、生态抚州、幸福抚州。漫步抚州名人雕塑园，如同走进一个梦幻的世界：新近移植的各种名贵树木应有尽有、遍布其间；多座仿古拱桥像一弯弯彩虹横跨河上，石拱桥瘦条的倒影在清澈的湖水中飘飘荡荡、婷婷袅袅；湖边长廊，石径小道相互贯通，有依依垂柳和小鸟欢鸣为游人做伴；人造石林，占地数亩，气势宏伟、错落有致。步入其间，宛若走进云南“阿诗玛的故乡”，耳畔隐隐传来阿诗玛的悠扬的歌声……

在抚州名人雕塑园行走，不免让人生出这样的感叹：在抚州这块厚重的土地上孕育出来的“临川文化”是如此的灿烂和辉煌，它像夏夜一颗璀璨的星星从亘古绵延至今，经历过隐匿和乌云，却历久弥新，在神州浩瀚的夜空光芒四溅。王安石变法维新与当今的改革开放在理念和终极目标上竟然异曲同工；汤显祖《临川四梦》在根植抚州，却在华夏戏剧舞台上反复吟唱，经久不衰且情意渐浓。曾巩、晏殊、晏几道不仅文采出众，为人为官同样留有芳名；李井泉、周建屏、傅烈等开国元勋、革命英烈大方的列入其中，无疑给后人传承一种精神和信仰；还有黄火星、艾星、饶毓泰等诸多名人均为中国的国防、科技等事业做出了突出的贡献。就因为他们为党为国，为了中华民族的强盛和振兴付出了毕生的才智和心血，800 万抚州儿女才真诚的怀念他，崇敬他，铭记他……值得一提的是，曾经为人民的解放事业建立过一定功勋，后来却因路线斗争犯过错误因而有所争议的饶漱石也被列入其中，一方面说明家乡人实事求是的作风，一方面向世人诠释这样一条真理：只要你为祖国、民族、为人民群众真心实意地做过什么，人民都会记着他，感激他，尽管记着和感激的形式有不同，表达的敬意是相通的。

基于此，我似乎对王安石、吴伯宗、艾南英、舒同、艾星等几位与东乡有深厚渊源和生于斯、长于斯的历史名人情有独钟。作为抚州北大门的东乡，不仅交通区位优越、经商氛围浓郁、经济实力雄厚，自古至今，先贤辈出，流芳百世。除列入抚州名人雕塑园的这几位之外，尚有涂官俊、吴嵩梁、罗必元、徐良傅、梁翘、艾延年、赵拔群等一大批名载史册的人物，记起他们的同时，倍感脚下这方热土的可贵。

由于我们大部分时间是自行游览，加上园区范围大、境内设立的广场、湖泊、桥梁和各具特色的植物园林众多，游完全程大约花了三个多小时。我们出园的时候，正值夕阳西下，一轮红彤彤的火球透过晚霞、穿过园区的树林映照在湖面上，映在作家们的脸上。看过湖面上泛起的彩虹，踏着夕阳的余晖，走在高高的石拱桥上，眼前仿佛还浮现出抚州名人的音容笑貌，心中盈满的是与之深情对话的殷殷絮语。

映日荷花别样红

——广昌赏莲记趣

近日，一个艳阳高照、热浪袭人的日子，抚州市作家协会组织近20位作家到“中国莲文化发源地、莲花古镇”广昌县驿前镇采风。期间，我们走进了具有“中国最美的田园风光”和万亩莲田所在地姚西村。青山脚下，村舍一字排开、错落有致，新楼旧房白墙青瓦、相映成趣；村前，一望无际的莲池仿佛漫延到天边，徜徉其中，满眼花开，清香扑鼻。

一

清晨，我们在热情的村干部的引领下，沿着为方便赏莲的游人特意修造的水泥小径穿行于其中，尽情领略广昌荷花的神韵和风采。

乡村的黎明似乎来得特别早，也特别的清幽。晨曦微露，山岚便开始在田野的上空弥漫、升腾。东方，缕缕的云彩渐渐泛红，挨挨挤挤的荷叶上不时地滚动着一颗或是几颗棵晶莹的露珠，看上去活泼而生动。白色、红色、紫色的荷花在微风中早已尽情开放：每一朵荷花都昂首挺立、风姿绰约；叶瓣都舒展自如，晶莹剔透；花蕾金黄粉嫩，丝丝相扣。早起的莲农光着脚丫匆匆地走在田埂上，只见他肩扛一根竹棒，棒上挂一只箩筐，显然他正准备下田采莲。晨光在他身上留下剪影，欣慰和希望写在他黝黑的脸上。朝阳在天边的山峦上渐渐地升起来了，荷叶上洒满金晖。村口的竹林、田野中的几棵高大且具有神韵的古树赫然地出现在这幅巨型的、天然的“荷画”之中，成为绝妙的点缀。一位职业摄影家正神情专注地守候着日出的那一瞬间，显然他要拍一幅非同凡响的《莲乡日出》之类的摄影作品。只见他不时地往相机的取景框里瞄瞄，偶尔也按下快门拍下一两张。可拍过之后，他没有离开，而是继续等待，等待朝阳完全蹦出的时刻……不远处，另一位摄影家手持相机，正猫着腰在聚精会神地拍一棵开得很热烈的荷花的特写。拍过之后，他们的脸上都露出了欣慰的微笑。太阳出来了，游人不约而同的欢呼起来，摄影爱好者一个个都变得更加兴奋和活跃，清脆的快门声此起彼伏，全顾不了头发、眉毛上的露珠、鞋帮上沾满泥水。作为生态旅游摄影之乡，独具慧眼的摄影

家走进姚西村万亩荷花从中，必定会有惊奇地发现，一叶一花一莲一蓬在他们的镜头下是那么的灵动、那么的鲜活。

姚西村所在的广昌的确是摄影爱好者的天堂。

二

据行家介绍，赏莲最佳时机是早晨和上午。荷花的盛花期大多在七八月份。那时的清晨，荷花经过一夜雨露的滋润，整个舒展开来。朝阳下，荷叶碧绿、荷花粉红，经络分明、轮廓清晰，姿态优美，彼此相映。上午，在骄阳的映照下，

花瓣渐渐收拢，处于半开半合状态，给人欲语还休的媚态。到了晌午，荷花就完全闭合了。加上盛夏天气炎热，中午和午后均不宜赏花。基于此，活动的组织者便安排我们头天下午进村，晚上在“花海”——姚西村用餐、住宿。晚餐自然得到姚西村村干部的热情接待。在品尝了具有当地特色的农家宴后，我们在暮色中在村前溜达，只见家家户户、男女老少都在门前或家中剥莲子、烘莲子。一位七八岁的小女孩坐在门前的石凳上，低着头在熟练地剥着莲子。她的一双小手拽着一棵硕大的莲蓬，正从蓬眼里掏一颗又大又壮的莲子。兴许是莲子太壮实，一时抠不出来，小女孩急了，脸憋得通红。我们看着这一幕时，小女孩害羞了，窘迫了，最后竟然抽噎起来。

莲乡的夜是宁静的。久居都市的作家们看过莲农剥莲、加工莲之后，不约而同地提出要去村前的荷田边走一走。于是，大家三五成群地在进村的路上一边溜达，一边闲聊着，共叙友情的同时，扑鼻而来的是荷花、荷叶和乡间泥土特有的芬芳。那天，天上没有明晃晃的月儿，星星仿佛特别亮，偶尔有萤火虫在夜空里扑腾。夜幕中，仿佛看见斗大的荷叶随着晚风轻轻的摇摆，一朵朵荷花开始沐浴雨露，正悄无声息地绽放她的美丽。那是一份真正意义上的宁静和淡定。难怪有人在农家小楼住宿时，几次半夜醒来，在窗台，在淡淡的月下，眺望村前的花海，侧耳细听花开的声音。

三

我和刘国芳主席、官炳炎老师被安排在一家名为“藕花轩”的姚姓主人家中住宿。我们从夜幕中归来时，他们一家四口都在忙着剥莲子。主人姚大叔光着个膀子，正用粗糙的双手在熟练地为剥了外壳的莲子抽芯去皮。广昌空心白莲闻名遐迩，可我以前却一直不知道莲子那又苦又涩却极富养生价值的内芯是怎么抽掉的。这回我在姚西，在他家算是解开了谜团。原来，根本不需要我们之前的想象的一样掰开莲子，揭去莲心。只见他的手里握着一个平头的锥子，往浑圆乳白的莲子的一个部位用力一顶莲心就抽出来了，动作是那么灵巧，且去芯后的莲子完好无损。主人姚大叔说，姚西因为种莲，每到夏天家家户户都得忙，不过也因此增加了收入，不少人都盖起了楼房，搞起了农家餐馆。眼下，他的儿子、女儿都在上大学，时值暑假，他们都帮忙剥莲子。刘主席、官老师不经意地加入到他们当中，一边与他们拉家常，一边感受莲乡人忙碌、沉实、欢愉的生活。

兴许是环境的突然改变、也许是对莲乡黎明、日出景致的期待，第二天东方还未露出鱼肚白，我和官老师他们便来到了莲田之中。走在沾满露珠的

田埂上，看静卧在山与山之间那一望无际的荷花、荷叶，看荷花映衬下的姚西村舍，的确有人在画中，满村飘香的感觉。

四

摄影家用镜头捕捉瞬间的美丽，作家则凭借所见、所闻和体验，对生活的本质、特定地域的风土人情和生活在那里的人们的内心世界去探究、去洞察、去赞美、去吟诵。

莲乡驿前，位于抚河的源头，既是广昌的南大门，又是赣东南之交通要道，更是红色的革命老区，中央苏区的北大门。著名的高虎脑战役就在这里打响。至今，这里还存有彭德怀、杨尚昆等革命家在这里指挥与敌作战的遗址。作为江西省级首批确立的历史文化名镇，这里有保存基本完好的50余幢规模较大的明清古建筑群。作为具有1300余年种植历史的驿前通芯白莲历来被列为“莲中贡品”。随着“太空莲”系列品种的引进和种植，这里已经成为太空莲推广基地。全镇白莲种植面积达1.4万亩，年产“通芯白莲”210万公斤，总产值达5880万元。随着广昌国际莲花节的持续举办，通芯白莲的主产地驿前已经闻名遐迩。走进驿前、驻足姚西万亩莲田，就如同走进江南水乡，走进皇家园林，走进一幅青山为框、艳阳作色、荷叶摇曳、荷花喷香的巨幅立体画作。她是生动的、也是美艳的。置身其中，你便成为花的信使、画的点缀。

有人来这里，看到的是一片如诗如画的田园风光，是一种交相辉映的清丽色彩；有人驻足其间，目光关注的是荷花的品性：妖儿不俗、虚而不折、残而不败，出自污泥、经过浊水，吹过风沙，顶过烈日，可风骨还在，精神还在，魅力还在。

我这样思想的时候，忽然看见一位扎着头巾、围着碎花围裙、背着竹篓正在莲花丛采莲的村姑，在灿烂的阳光下，她正将一棵成熟了的莲蓬折采到篓筐里。她的腰身是那么苗条，姿态是那么优美，微笑是那么美丽。

感悟竹桥

一

“天人合一”作为中国古代的哲学思想体系之一，最早由春秋时期齐国著名的政治家管子提出。时至今日，它仍被视为博大精深的中华传统文化的主体，受到世人的推崇。数百年前，在江南一个并不起眼的普通山村这一文化和理念便以一种独特的形式根植于村民的心中。这个普通的山村就是江西金溪的竹桥。

西出金溪县城 10 公里，便到了金溪乃至抚州远近闻名的古村竹桥。就坡而居的竹桥村占地 0.4 平方公里，现有 206 户，人口 800 多。从前这里是金溪通往东乡县的必经之路。据资料介绍，该村至今完好保存的明、清古建筑竟有 109 栋。其中包括明、清时代的宗祠 6 座。除此之外，还有怀仁书院、养

文林第
文林第

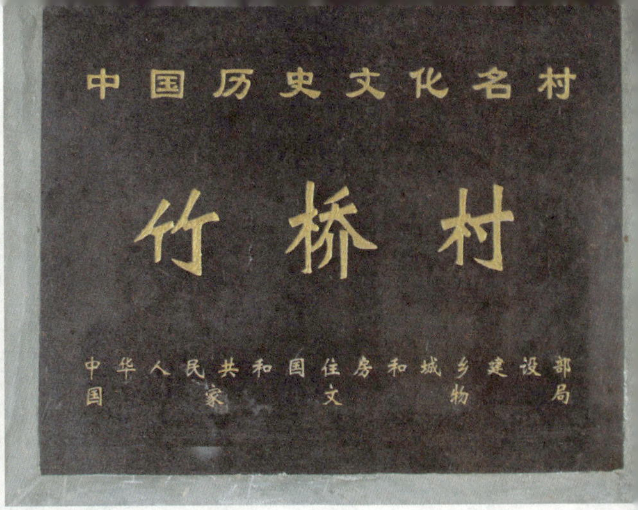

中国历史文化名村

竹桥村

中华人民共和国住房和城乡建设部
国家文物局

山正房、仓岚山房、公和堂、锡福庙等一大批具有江南建筑风格和特点的民宅。这些民宅大多用青石板完整地围了墙基，形成墙裙，用风火墙合围，具备防火、防盗功能。远远看去，飞檐翘角、青砖黛瓦、错落有致、气势恢宏。高墙深院之间，或宽或窄的小巷都用青石板或是鹅卵石垫铺，即使在春天或是淫雨时节，路面都保持干爽光洁，鞋子不湿，老人、小孩行走时脚不打滑。

星罗棋布散落在村中的7口池塘，虽然大小不一、形状各异，各自都有属于自己的或素洁或淡雅的名字，其中紧靠中门楼的那口池塘竖着看俨然一个“月”字,村民取名为“月塘”。它与其他6口池塘合起来便是“七星拱月”。

在村口沿着一条宽阔的、用鹅卵石和青石板铺就的古道，穿过那个几百年前就存在、至今保存完好的村总门楼，沿池塘一侧进村，不一会便来到了“中门楼”，也就是所谓的“人本楼”所在地。中门楼，又称石库门，整体用青砖石柱砌成，看上去像一顶官帽。古代，文武百官至此必须下马弃轿，两旁因而立有一对拴马桩。拴马桩上清晰地刻有“光绪壬午年”五个字。拴马桩旁边、门楼的正前方呈中轴线的地方，用青石板端端正正的嵌入一个大大的“本”字；进了门楼，又赫然的见到一个“人”字。不过这个“人”字的顶上隐隐约约地加了一横，以至于让人“天”、“人”难辨。看了立在一旁的宣传牌才知道,原来这是竹桥的先人精心设计的。从门楼里看是“天人合一”；与门外相对应又是“以人为本”。

一个有着近千年历史，以农耕文化起源继而弃农经商、求学入仕，最终使竹桥村成为富甲一方的江南名村,一路走来,靠的就是这种精神和理念。“天人合一”是竹桥人生存、生活的境界，“以人为本”是竹桥人经商、为官的

根本和不变的信念。

历朝历代的竹桥人都坚持这一祖训，那就是做人要本分，待人要本真。立足竹桥要脚踏实地、爱乡爱土，靠勤奋耕耘固本强基；出门在外要随遇而安、成就事业、惦念家乡，最终落叶归根。竹桥人踩着“人本”二字长大，背着“人本”二字出门，守着“人本”理念老去。因而时刻不忘建功立业，不忘回报家乡，不忘为族人争光。因而英才辈出，庭院生辉，声名远播。

二

古井大多以井台浑圆，水质甘甜，久旱不涸著称。在金溪竹桥村我们见到的是方形的古井，而且这样的井在竹桥村就有三口，这三口井相距不远，呈品字形赫然地立在村前的大道边。三座分别建于清康熙壬午年（1682 年）、乾隆二十一年（1746 年）和道光二十三年（1843 年），古井时隔两三百年依旧可以使用，且井台、井沿、围栏及通往古井的道路基本保存完好。透过斑驳的石板路、溜光的井台以及绳索、挂钩在井台上磨出的沟痕，自然让人想起当年热闹时的情形……

清晨，太阳刚刚从村东头的山坡上悄然升起的时候，竹桥村的村民便挑着水桶，沿着一条条小巷不约而同地来到了井台。三三两两的人群分散在三口古井同时取水。宽阔的井台上，四方井口的任意一边都有人在提水，提水的同时彼此说话、逗趣。水一桶一桶地提出井台后，他们便挑着进村里的门楼、进小巷，进那些青砖黛瓦的古宅。孩子们还在做着酣梦的时候，小巷里便晃荡着大人们狭长的影子。

水是人们的生命之源，水井是一个地方让人立足、赖以生存、继而繁衍和兴旺的根本。竹桥村至今还有十来口井，品字三井在竹桥村民心中的地位显得尤为重要。竹桥村，坐北朝南，北倚一个不高的山坡，民宅依山势而建，整体南低北高，三口古井所在的地方地势肯定是最低的。因而水源充足、水质清澈，饮之甘甜。其中，取名为“剑井”的第一口井为清康熙年间挖掘，四周有石栏，看上去像八角菱形，形似一枚铜钱。与四方井台合起来便构成外圆内方的独特结构。进口立柱上刻有文字，清晰地标明了此井挖掘的年代。奇怪的是，井台的一侧，还有一个用石板砌成的神龛，且至今保存完整，只是里面供奉的神灵不在了。游人猜测这儿供奉的应该是主管天相的灵神，把它请到这里，无非是保佑风调雨顺、井水经年不涸。

人们的愿望显然是美好的。然而，人世间许多事瞬息万变，大自然并不由人主宰。道光二十三年，赣东大地持续干旱，金溪竹桥更是四个月未下过一场透彻的雨水。先后两次掘出的古井眼看就要干涸，村民便提出在附近再掘一口井。这口井掘在什么地方呢？竹桥村有的是睿智的圣人。品字三个口，这里先有两口方形井，再掘一口不就巧夺天工、天作地合？

管它是刻意还是巧合，竹桥村的“品”字形三眼方形古井存在于眼前既是事实又是创举。所谓一方水土养一方人，你从方方正正的井台里取水的时候，你是否想到你要做一个方方正正的人？你从品字形的古井旁走过的时候，你是否想到做人要有品味、品德？一个品字让千年竹桥贤才辈出；一个品字让竹桥人无论在朝为官还是在外经商都心存善良、心存真诚、心存感恩、心存坦荡。

三

绣花楼，是一个典雅、古朴和让人充满美好幻想的名字。古代年轻才俊在书房苦读，美貌女子则在绣楼绣花。家喻户晓的民间故事《梁山伯与祝英台》更是把绣花楼的传奇和温婉推崇和演绎到了极点。绣花楼里究竟发生过多少爱意缠绵、情感天地的故事谁也说不清。但是通过戏剧和文学作品的再现和渲染，大都觉得绣花楼是一个向往美好、思念情人、蕴藏哀怨、折磨神智的地方，绣花楼里待着的女子因而大多面容憔悴、弱不禁风、温情脉脉、忠贞不移。正是这些特点让绣花楼里的女子变得可爱可恋、温存可亲。

东乡浯溪古村的绣花楼算不上富丽堂皇，甚至显得过于简陋，但它却因为藏着一个感天动地的婚恋故事让人对它肃然起敬。17 岁的风华女子为了一纸婚约在未婚夫赴任途中不幸夭亡之际毅然扶棺出嫁，到婆家侍奉公婆。在绣花楼里待了 57 年，直到终老。

离浯溪村直线距离不足 10 公里的竹桥村，不约而同地出现了一栋绣花楼，这让我对中国南方的绣楼文化再一次产生了浓厚的兴趣。在没有导游、行将结束此行的时候，我们突然发现没有去村里的绣花楼。经向村民打听，我们很快便找到它。竹桥村的绣花楼，其实也是一栋古建筑。这里至今还住着农户，屋里打扫得一尘不染。时值晌午，留守的一双老人和几个小孩在上堂一张八仙桌上用餐。得知来意后，主人放下碗筷，用手指着下堂前厅的上方告诉我，那就是绣花楼。乍一看，觉得没有所谓的楼的特色，那窄窄的地方真能绣花？怀着好奇心，我决定登楼细察。

山里人真是淳朴，作为一个不收任何费用的旅游古村，细心的主人为了便于游客上楼还特制了一个木板结构、台阶式楼梯，同时在悬空的一侧挂了一根粗大的麻绳，游人上、下抓着它既安全又方便。上了阁楼才发现，这里其实蛮宽敞的。尤其是小房间多，竟有三四个。据观察，这里不仅可以捻纱、纺线，绣花织锦，还可以就寝和会客。一间靠厅堂的小房里，至今还保留了当年绣花的作台，通过它可以想象出绣花女绣花的情景。西南角有一个蛮大的房间，大概 10 平方米，靠南开了一扇窗，使得屋里通光透亮。主人将阁楼完好地空出，里面既干净又整洁。我特意到窗台看了一眼，发现这个窗口开得蛮高，透过窗口看到的只是一线蓝天，几处屋脊。置身其中，仿佛与世隔绝。这种环境，也许有利于绣花女子心无旁骛、一心一意绣花，却扼杀了绣娘、尤其是年轻女子对自然、对社会、对爱情和婚姻的追求和向往。基于这一点，我觉得绣花楼在某种意义上说是一种无形的墙，让许多美好的梦想和欲望泯灭殆尽。

我不知道竹桥的绣花楼曾经有过什么抑或哀怨、抑或缠绵的故事，但是我从心底赞叹绣花女那种为了信念而默默坚守的毅力和勇气。世道对他们太不公平，用心去歌颂和传承对她们可能是些许的补偿。

就在下楼的时候，我突然发现阁楼上有一个倒扣漏斗、类似烟囱的东西。起初大家都不知道它是什么，更不知道它的作用。只见它的顶端设用一块可以透光的玻璃瓦，玻璃瓦的一半正对着漏斗。漏斗四周干净、不见熏烟的痕迹。我猜可能是用来为楼下的住房透光的。下楼问了主人，果然如此。古人

大多住古屋，古屋由于四面都是高墙，往往光线不足。为了采光采用玻璃明瓦的较为普遍。但是，用空心的立柱透光、且立柱至今还完整的存在、还在发挥功能的估计不会很多，至少我是第一次看到。原来这个房间是从客厅的大房间里裁出来的。不仅狭小，还没有光源。聪明的主人便想出了这么一个高超的借光办法。

希望这不是那位绣花女的居所。

四

最早对竹桥古村留有印象的是该村一块石刻上的“对云”二字的照片。这两个用行书题写的字刻稀疏有致、粗细得体，运笔活脱、着力有痕，风格迥异，叫人一看便心生喜爱。这两个字作何解释？又有着什么渊源呢？

这次，在镇川公祠大门正对面的墙壁上，我有幸亲眼目睹了这块石匾。石匾为长条形，长约 1.5 米，宽约 0.5 米，其中刻碑部分为一米左右，整体内凹两至三厘米。左右上方均有沟线，下方则与石门框架上的顶梁相连。中间自右至左“对云”二字赫然醒目。细看右侧有“乾隆丁丑春”五个小字，左侧为“曹秀先题书”。这些字都用黑墨精心重描过，清晰可辨。石碑的右顶和左落处，另有三枚用红漆填充的印刻，看了资料才知道，原来是石刻的提书者的印张，右上角为起首随形章，上刻“赐书堂”三字。落款为主人印章，字体为篆刻，一为“秀先之印”，一为“地山”。

题字的曹秀先系江西新建县人，生于 1703 年，1784 年去世。字恒山，一字冰持，号地山。于雍正十年考起举人，乾隆元年得中进士。改庶吉士，授翰林院编修。历任监察御史，吏科给事中，国子监祭酒，内阁学士，吏部右侍郎等职。乾隆三十六年（1771 年）晋升为礼部尚书，四库全书馆总裁，上书房总师傅。他博览群书，工于诗文，尤其擅长书法。曾著有《赐书堂稿》及《地山初稿》等，去世后受赠一品太子太傅，谥号“文格”。为清朝中叶一名臣。

乾隆二十二年（1757 年），官居五品给事中、时年 50 岁的曹秀先在家守孝，与之交往深厚、家住金溪竹桥村的巨富企山公（镇川之父）遂登门造访，并请曹为他题写了这幅字。此时，曹的书法已基本成熟，所书“对云”二字潇洒遒劲，笔法灵动，实为墨宝。企山公感激之余，遂出手 50 两白银权当润

笔之需。

“对云”二字出自古时一个典故，寓意为“对我生青云”。其中蕴含教育子孙勤奋苦读，长大后功成名就，仕途坦荡，青云直上。这正合企山公的心意。于是，他将这幅题字牢牢的珍藏，同时悉心培养晚辈，希冀自家的后生能有所作为，飞黄腾达。曹秀先的这幅题字自然成为后生晚辈的座右铭。

数年后，其子余镇川在湖南安乡县经商挣了大钱，与父亲企山公一道扩充了祖上的家业，成为竹桥村富甲一方的名门望族。后辈于清咸丰八年之后，耗费巨资建造了这座“镇川公祠”。这座面宽和进深均为 31 米的宏大宗祠气势宏伟，门首的砖雕石刻尤其精美，所刻文官、武将个性鲜明，神态栩栩如生。实为江右古建石刻、砖雕中的精品。宗祠的两翼均为书院学堂。主人分别给他们取了一个文雅的名字叫“培兰”、“植桂”。十年树木百年树人，自镇川祖父步云算起，余家代代把培养晚辈成才作为一件重要的事情，他们置办书院、雇请教员、购置书籍让儿孙潜心苦读；他们把这种过程形象的比作花农培育金兰、园丁移植桂香。

为此，还将名臣曹秀先题赠给先公的“对云”二字毕恭毕敬的刻石留存，置放在宗祠的对面。让进入镇川公祠和在培兰、植桂两书房求学的人迎面便可以看到。几百年后，这座公祠连同这块石刻居然完好无损地保留了下来，不能不说是一个奇迹。

更为珍贵的是这块“对云”石刻，居然连题写者的姓名、字号及堂号的印张都依样一同刻在石碑上，这在乡村众多的石刻中是极其罕见的。也是这块石刻的价值和底蕴所在。

崇尚文化，精心育人，也许是许多竹桥人走上仕途或是经商成为巨富的秘籍。

五

时光倒转到明嘉靖三十九年。

一天，富家一方的竹桥村突然来了一伙蟊贼。他们手持长矛大刀，一个个凶神恶煞。这些家伙街头巷尾见人就砍，进到屋里见到贵重物品就抢。有不依者，轻则施加拳脚，重则大刀砍人，更有甚者，掠夺完钱粮之后，竟然还要放一把火将古宅烧了。乡亲们见蟊贼从村北的仲和公祠一路朝公和堂、步云公祠冲来，且将其中不少房子纵火焚烧，便撇下家产冒着滚滚浓烟纷纷往后山躲避。

村民余应凤之妻文氏时年 29 岁，丈夫一年前病故。膝下有个儿子名叫兆文。余家原本就不富裕，丈夫去世后，文氏母子的生活就更加拮据了。为了抚养孩子，文氏誓不改嫁，继续留在竹桥，靠平日里为人纺纱绩布维持生活。得知蟊贼洗劫竹桥的消息时，她毅然放下手中的活计，背着年幼的兆文加入到逃生的人群之中。也许是慌不择路，情急之中与众人脱离，母子二人竟与蟊贼狭路相逢。蟊贼横刀拦住了文氏母子的去路，惊慌失措之间母子被他们

逮住。一位蟊贼举刀欲砍之时，文氏突然镇静下来。只见她双手猛抓自己的脸颊，鲜血顿时留了下来。与此同时，一边将自己的身体紧紧护着年幼的儿子，一边哭求蟊贼杀了自己之后，一定要放过年幼的孩子。她对蟊贼说，我是一位丧偶的女人，留下儿子可以延续夫家一点血脉。这一说，她年幼的儿子兆文突然从母亲的身后跳出，他来到蟊贼跟前，对蟊贼说，你们不要杀我母亲，要杀就杀我吧。我可以代替母亲去死。蟊贼一听这话，再看着眼前的文氏无不震惊。一位首领说："母慈子孝，犯之不祥"。于是吩咐手下撤手离去。村里逃难的村民因此不再被追杀，村民的财物避免了进一步的洗劫。

一个丧偶的弱女子，一个年幼的孩童，在大难来临之前，突然表现出的勇气和大爱是具有震撼力的。

逃过一劫的文氏母子受到了村民的敬仰，也得到了村民的帮助。她的儿子兆文长大后，从事贩书业，他将金溪竹桥、浒湾等地刻印的书籍卖到了景德镇、浮梁一带，获取了较高的利润。渐渐地家境也殷实起来，手头有了积攒，村内外便有不少人向他们母子俩借债。母亲文氏无不允准。就这样，文氏守寡 68 年，直到 97 岁临终时，她将儿子兆文叫到床前，让他将家中存留的乡人的借据及典当的券证取出，当着她的面统统烧毁。村民对此无不感动。也就在这时，这位曾经身遭劫难，死里逃生的老人安然离去。

曾孙余文霖在其文集《不松堂集》中记载了这个故事，透过这个故事，我们不仅了解了一个流传在竹桥村的烈女的故事，更主要的是感悟出这样一个真理：潜移默化的品德感召可以将一对孤儿寡母在危急关头变得大义凛然；同时瞬间闪现出的大爱可以使一触即发的邪恶顿时烟灰湮灭，让行将僵硬的心室变得温暖和善良。

竹桥古村，似乎没有特别迷人的风景，却有许多让人回味的故事。

可爱的东乡

朝阳从晨曦中升起，东乡从梦境中醒来。在疾速驶来的列车的鸣笛声中我们又迎来了充满阳光和希望的一天……

一

在美丽的鄱阳湖畔，在高耸的金峰山下，在蜿蜒的汝水河边，有一个充满生机和活力的地方，它就是被誉为“赣东门户”的东乡，它就是有着五百年历史、曾孕育过北宋杰出改革家、政治家、文学家王安石和当代著名书法家舒同等一大批文化名人的东乡。

位于江西省东部、毗邻赣抚平原的东乡县，始建于明正德七年，由于境内大部分属临川的东乡，又位于临川县的东面，建县之初取“临东之乡”的本意定名为东乡县。迄今走过五百个春秋的东乡总面积为1275平方公里，现有人口45万，年财政收入达10亿元，在全市名列前茅。

放眼东乡，无限风光：千子湖畔，微风拂面，垂柳依依，碧波荡漾；文化广场，乡贤云集、底蕴丰厚、气势恢弘；汝河两岸，高楼林立，店铺比邻，人来车往；步行街上，人头攒动、精品屋内，顾客满堂；车站广场，夜灯齐放，休闲健身，乐声飞扬。

生活在这块热土上的东乡儿女勤劳朴实、精明能干。这是因为他们心里流淌着的是抚河的血液，骨子里存留的是才子的灵魂；多少年来，他们满怀激情紧握手中那根如椽洋毫，饱蘸浓墨，在东乡的版图上写出了气势磅礴、文采飞扬的诗行，画出了山水相间、满眼锦绣的美妙风光。

廖坊灌区绕城而过，为生态东乡增添萌动的新绿；工业园区宏图大展，为富裕东乡注入发展的活力；鄱阳湖生态经济区建设的融入让东乡开启了又一个施展拳脚的舞台，高铁在东乡驻足，既拉近了东乡与世界的距离，也向世界敞开了东乡这个经商宝地、创业福地的大门。

是谁用一双纤纤玉手，饱含深情，一针一线绣出这般美景？是谁敞开心扉，用真诚的乡音为故乡的一山一水、一草一木动情的歌吟？是谁紧锁眉头，手托腮帮，为衣食无着、寝食难安的乡民彻夜思索？是谁身居庙堂、忧国忧民、几经遭贬，却信念永驻，未改性情？让我们穿越时空，返回曾经的岁月，找寻东乡先贤的足迹以及他们的心路历程！

二

东乡山清水秀，人文卓著。走进黎圩镇，仿佛走近东乡的名人文化园，走进东乡的乡风民俗馆。这里峰峦叠嶂，溪水潺潺。民风淳朴、乡贤辈出。

被列为省级文物保护单位的浯溪村就坐落在黎圩境内，这里紧靠石笋风景区，是一个有着大量明清建筑并且保存相对完好的古村。站在村口，远远看去，小巷纵横、庭院深深。飞檐翘角，古色古香。穿过门楼，沿着痕迹尚存的“状元路”走进古村，一座高大气派的门楼便展现在眼前。穿过门楼，脚下踏着的是青石板，耳畔听到的是溪流声。驻足小巷深处，细看门楣上的石刻，仰望墙瓦上的青苔，让我们顿觉走进远古、走进记忆。倘若有心轻敲斑驳的木门，摇响木门上锈迹斑斑的环铃，你会感觉一份少有的宁静，心灵顿觉清幽至极。这是浯溪的绣花楼，为儒士王士柏未婚妻李氏所居。相传，家住金溪合市的李氏少年时与王士柏订婚，王在婚期临近时进京赴任，行至南京时暴病而亡。李氏父母按封建礼教仍将 17 岁的女儿在原定吉日嫁到王家。为了恪守妇道，她终生未再婚，天天在绣花楼上穿针引线、描红绣花，直到古稀之年因病老去不曾出过这个楼院。当朝皇上得知此事后，特许地方为其立贞孝牌坊一座，以旌表其义举。这座建于道光年间历经 160 余年风雨的贞孝牌坊依然昂首挺立在浯溪村口。它和绣花楼一样还在向人们诉说着一个厚重凄美的传说。

上池村是十一世纪改革家、文学家王安石的故里。北宋时期，位列宰相的王安石忧国忧民，曾上书朝廷要求变法革新，富国强兵。后由于保守派的极力反对，他的变法主张屡遭阻力，最终被罢免宰相贬为江陵知府。期间，王安石曾几度回乡，散步瑶田、登临金峰，留下多首脍炙人口、饱含浓浓的乡情的诗章。多年后，他心愿未了，仍希望在春绿江南时重回庙堂以实现自己的梦想，一片忧国忧民的诚心明月可鉴。时光绵延千载，其思想依旧散发着光芒。

三

黎圩涂家村是清光绪年间名垂青史的县令涂官俊的家乡。光绪二年（1876年）涂官俊考取进士后，被发往陕西咸阳下属的富平、宜君、泾阳等县担任县官。期间，他废寝忘食清理积案，大兴私塾亲临授课，号召农户种桑养蚕、率领县民凿渠引水。荒地得以灌溉，粮食丰收之后，他上门动员民众储粮备荒。后陕西遇三年大旱涂官俊开仓济粮，使县民逃过一劫。由于亲民爱民、事必躬亲，几任下来终于积劳成疾，卧病在床时他仍旧强打精神料理县衙公务，甚至倾其所有慷慨解囊资助因灾受困的孤儿寡母。涂官俊去世后，泾阳一带的黎民百姓悲痛欲绝，自发为其送葬的队伍绵延百里，地方和乡绅捐资为其立祠五座，以示纪念。涂家村至今还保留了他的旧居。上门凭吊，心中忽如吹入一阵荷花的清香，心净犹如一片蓝天。

红光新田是东乡一个普通的山村。清晨，炊烟袅袅、百鸟欢鸣。这里是明朝开科状元吴伯宗和晚清西江诗派、著名诗人吴嵩梁的故乡。吴伯宗文才出众，为人温和厚道。一次，皇上出题让吴伯宗赋诗，他援笔立就，且词意高洁，深得皇上喜爱，受赐金锦衣一件。吴嵩梁天赋聪敏，倜傥不羁。其诗作激荡悱恻，享誉神州，流传海外。除作诗之外，吴嵩梁的画作也十分有名，他的妻子蒋徽、妹妹素云都是当时有名的画家，画作多被世人珍藏。

明万历十一年出生在岗上积镇段溪村的艾南英七岁能文，才华出众。其著作收入《四库全书》。与临川的陈际泰、罗万藻、章世纯并称为“抚州四大才子”的艾南英常结伴而行，游戏权贵，文昌桥头与抚州知府斗智巧谏的诙谐故事至今还在广泛流传。

龙山师水总难忘。这是年愈八旬的舒同在北京见到东乡老乡时的即时赠言。字里行间，无不蕴含着这位东乡儿女怀念故土、眷恋家乡的浓浓的情怀。

从县城梧桐巷走出来的革命家、书法家舒同是中国书法家协会的创始人、协会第一任主席，他独创的“舒体字”是当代书法艺术的瑰宝。毛主席曾称赞他为“党内一支笔”、“红军书法家”。如今，舒同先生虽已故去，他独创的舒体字却通过电脑传遍了大江南北、长城内外。

日前，东乡县因书法艺术声名远播喜获“省民间文化艺术之乡”。这是对“一代宗师”的首肯，也是对舒同故里书法人才辈出的鼓励。

四

“留客听山泉”、“洗耳听天籁”。东乡，钟灵毓秀，人杰地灵。位于县城西南一里的会龙山，形似九龙戏珠，因而得名“龙山”。龙山东南的石窦中有一股清泉经年不绝地流淌，此为“师水”。龙山师水乃东乡早年最为著名的景点。虽经岁月的变迁和汝河治理，这里仍可以找寻出旧时的痕迹。从县城往北出行，远远地便可以看到苍茫的天底下一峰独秀，它就是东乡佛教名山——雄岚峰。置身其中，远眺鄱湖若隐若现，丝丝凉风宛若鄱湖涛声。坐落在黎圩甘坑与徐源村的金峰岭，海拔 498.8 米，是东乡境内最高峰。北宋文学家王安石曾两上金峰，并在山中的一座仙观寄宿，留有《金峰晚坐》和《再宿金峰》诗句。攀上金峰，只见古木参天，涧水长流，日出日落，半天红霞。“己思在已不穷事，况有怀人无限情。”一代丞相所思所想所感所叹，全在诗中释然。

东乡地处赣东丘陵与鄱阳湖平原的过渡地带，亚热带湿润气候不仅孕育了这里的绿水青山，而且催生了丰富的自然资源。这里有世界分布最北、被水稻之父袁隆平称为“植物中的大熊猫”的“野生稻”。它的存在对研究水稻的起源、进化和改良具有极其重要的作用。如今，这里已经被中科院列为南方野生稻重点保护区域。

东乡山清水秀、风光旖旎。瑶河两岸，炊烟袅袅，舟行波间，渔歌唱晚；麻溪石塔、笔村永镇塔，历经数百年巍然耸立；幸福水库、佛岭水库隔城相望，不仅为东乡市民的生命之泉，也是人们休闲览胜的绝好去处。漫步库区，只见山水相映，宛若画屏，置身其间，心旷神怡；新近修建的西隐禅寺静卧山间，香客不断，梵音袅袅。登临吉和塔，丝丝凉风扑面而来。凭栏远眺，只见群山连绵、绿如粉黛；田野广袤，绵延天边。在清脆悦耳的塔铃声中向塔顶拾级而上，细听寺院传来的梵音，顿觉心灵纯净，心绪辽远。

五

终日为名利奔波，为生活算计，难免身心疲惫。挑一个假日，带上家人或邀一伙朋友在东乡境内来一次“红色一日游”，不仅可以愉悦身心，同时可以陶冶性情。1932 年 6 月，赣东北赤色警卫师师长祝荫龙在小璜下湖战斗中壮烈牺牲。当地群众冒着生命危险从敌人手中夺回尸首悄悄下葬。珀干革命烈士纪念碑和祝应龙烈士陵园记载着这一段可歌可泣的故事。1933 年 1 月 12 日，方志敏、邵式平率领红十军进驻瑶圩万塘村并在此驻防五天。至今，在村里这栋“红军楼”里还留下弥足珍贵的红色标语。抗日战争爆发后，东乡人民同仇敌忾。1942 年 7 月，一群日寇从县城经过赛阳关准备去往黎圩骚扰，当地民众得知消息后，与抗日武装设下埋伏，在此与敌激战数昼夜，一举歼灭日寇近百人。走进满畈稻香、满山翠竹的赛阳关屏息伫立，静谧中仿佛耳畔还传来嗖嗖的枪声、声声的呐喊……怀念是因为崇敬，有信仰，才有追求。重温那段光荣历史，让人精神回归，力量倍增。

自然就像乡间一位未经粉饰的纯情少女，从轻纱薄雾中带着浅笑走来，眸子是那么水灵，微笑是那么真诚，腰身是那么纤细。桑园里，蚕房中，木薯林、橘树旁、到处都有东乡女子俊俏的身影，她们在深情的土地上奉献青春，收获希望。

每当黎明来临，晨曦微露，体育场、人民公园便出现了成群结队的晨练者，他们的步履是那么轻松、身躯是那么矫捷。生命在于运动，健身让人充满活力、充满激情。早在2000年东乡就获得“全国体育先进县”这一殊荣。农民运动会、工人运动会、老年运动会等各类体育赛事异彩纷呈。小璜镇农民组建的罗汉灯融舞蹈、体操、杂技和武术表演于一体，由于其极富游戏、健身和观赏价值已入选省级非物质文化遗产名录，2010年小璜罗汉灯还受邀到上海世博园进行了多场精彩表演，受到中外游客称赞。东乡采茶戏是土生土长的大众艺术，曾演出过《回门》、《这山望着那山高》等许多优秀的、深受东乡人民喜欢的地方戏剧。如今，在辖区的乡镇、集市、街头巷尾还经常可以看到他们的演出。采茶戏为我们奉献精神食粮的同时让中华民族的传统日渐回归。

六

东乡是一座灵动的城市。走在县城的大街小巷，每天你都有新的发现：街道变宽了、楼房变高了，河水变得清澈了，关注民生的多项工程一个个都竣工了，人们的穿衣打扮变得更时尚了。每个人的脸上都写满惬意、每一个人的笑声都那么甜蜜。

东乡是一座豁达的城市。这里交通畅达、瞬息万变。三二〇国道、沪昆高速、杭（州）——南（昌）——长（沙）高速地铁，浙赣电气化铁路复线均从东乡穿境而过，且在东乡设有站台。东乡人走南闯北条条大道可出远门。由于见多识广、观念时新，心胸开阔，思维新颖，东乡经商氛围极为浓郁。加上区位优势良好，东乡不仅成为抚州的东大门，同时也是赣东货物运输的中转站。南来北往的客人不仅带来了商机，也带来了最新的商贸信息和最新的生活理念。东乡因此成为经商福地、创业天堂。精明的东乡人通过招商引资、回乡创业和自主创业，使东乡的园区的版图渐扩，园区经济快速发展。海峡两岸、祖国各地到东乡投资兴业的不计其数。

东乡民风淳朴、人民勤劳。你来到东乡，热情好客的主人一定会捧出红

彤彤的杨梅酒让你一醉方休；你来到东乡，极具地方特色的风味小吃一定会让你啧啧称赞、流连忘返。当然，你离开东乡，你的朋友肯定要送你一份“伴手礼”；这里有获得全省旅游纪念品品牌的“美尔丝瓜络”系列产品，有纯天然缫丝加工制作的“蚕丝被”，有闻名全国的“绿壳鸡蛋”……

七

龙山亮出雄浑的歌喉，吟唱东乡和谐发展新曲；金峰张开广阔的胸怀，笑迎东乡更加阳光灿烂的明天。

近年来，东乡县委、县政府以科学发展观为指导，围绕“现代工业新区、商贸生态名城、特色农业大县”目标，依托“鄱阳湖生态经济区建设”契机，全力当好抚州经济发展的“排头兵”。通过积极营造“亲商、安商、护商、富商”的良好氛围，使东乡成为投资热土、旅游胜地。热忱欢迎社会名流和各界朋友来东乡投资兴业、旅游观光。

充满灵气的东乡、充满动感的东乡，是你我共同的家园。为了她的更美好的明天，我们去思考，我们去创造，我们去付出，我们去微笑……

锦绣东乡，风光无限。

荆公故里上池村

一

位于江西东乡黎墟镇境内的明珠峰因山间遍布光洁浑圆的石子，且这些浑圆的石子在阳光的映照下恰似明珠常常发出耀眼的光芒而得名。被列宁称为“中国十一世纪改革家”的王安石的故里就在明珠峰下的上池村。

据上池《王氏族谱》记载：王安石的曾祖父王克明在北宋初年曾置宅于

上池瑶田（今废）。后举家从抚州盐埠岭搬到上池定居，死后也葬在上池的荆公山一带。王安石出生于江西清江，定居于江苏南京，一生颠沛流离，就像他的父亲王益一样不曾在家乡上池常住，却曾经在上池生活过几段时间，并在上池村后的云峰书院读书三年。王安石的原配彭氏（有关资料称为陈氏）在故里上池购田一庄、建房一栋，并在离家不远的“西引寺”颐养天年。其弟王安上应王安石安排回上池定居，在此度过了晚年。王安石一生多次回到故乡上池，并在上池辟有一地，建有一栋名为“常肇居”的类似于别墅的建筑。王安石故土难忘，眷恋家乡，小小的上池村留下了他的许多描写家乡风物和自然景观的诗篇和大量与之有关、可以考究的历史遗迹。元丰八年（1085年）三月，宋神宗去世，王安石倡导的新法及极力推行的改革被废除，让王安石忧伤至极。元祐元年（1086年），四月初六，王安石在江宁（今南京）与世长辞，时年66岁，葬于南京风景秀丽的钟山。

南宋绍兴初年，王安石侄孙王珩率众乡亲专程前往江宁将王安石的衣冠冢迁回至其故里东乡上池，将其与其弟王安上一同在上池王家祖坟所在地月塘凤山桃源下葬。为此，还特邀了当时非常出名的地仙赖文俊到场下课。赖文俊大仙按时下的规矩和乡俗隆重地举行了相关仪式之后，王安石的衣冠冢最终移归故里。事后，赖大仙特意作有下课诗一首，并亲手绘制“月塘凤山图”

一幅，图中清晰地标明了王安石衣冠冢所在的确切位置。

2009 年，在南京钟山附近某地段进行工程开发的江苏泰州泰昌水利工程公司一位沐姓工作人员突然打电话给上池村一位长老，告知他们在工程开挖过程中，突然发现了王安石父亲王益的坟墓。同时发现曾巩为其撰写的墓志铭。得知消息后，上池村村民及时与南京市有关部门取得了联系。经南京市文物部门同意后，2011 年清明节前夕，上池村民以传统的方式、通过极其隆重的仪式将王安石父亲王益（上池王氏三世祖）及一同迁回的四世祖王安仁的遗灵、遗骨迁回其故里上池村下葬。

一代名相之父魂归故里，实为一大盛事。为此，南京和江西两地的新闻媒体都及时做过报道。如今，站在明珠峰下，远眺罗峰山中，绿树掩映之处，迁移上池村的王益墓园隐约可见。上池村村民也算了却了让其先祖魂回故里、叶落归根的夙愿。

二

上池村坐落在黎圩镇境内，距县城 32 公里，离抚州市中心 40 公里。该村主要由里阳和源里两个自然村组成，他们均系王安石的后裔，因而大多为王姓。上池村东边紧邻明珠峰，村南 200 米处为瑶田，此地为上池村始祖、王安石曾祖父王克明始居之地。宋朝初年，王克明出门经商路过上池，见此地山清水秀、风光旖旎，便将家族由抚州城郊的盐埠岭迁徙于此，并起名上池，后人改名为瑶田。

与瑶田一畈之隔的明珠峰海拔 215.7 米。驻足瑶田，只见明珠峰上树木苍翠、白云飘荡。山巅原有一古刹，名叫普觉寺。寺中香烟妖娆、钟声悠扬。山间的云峰书院里不时地传来一阵阵琅琅的读书声。其实，这里是金溪通向余干、鄱阳，乃至南京、合肥的一条通道，通道从瑶田延伸到明珠峰西侧的山隘。明嘉靖年间编撰的《东乡县志》和另一本名为《山经地志》的史志均对明珠峰有过记载。

明道二年，王安石祖父王用之病重，次年卒于上池家中，其父王益辞官从韶州回归故里。王安石随即回到上池，遂与金溪麻山的周滚（字彦弼）一同到明珠峰中的云峰书院就读三年。王安石在云峰书院就读期间曾写过《云峰早照》一诗。就因为小时候王安石曾在此读过书，写过诗，后来这家书院便依王安石的字号改名为“半山书院”。

历经千年，书院不在、寺庙无存。上池瑶田王安石祖父的古屋也仅存遗址。究其原因，有人认为一是因为王安石提出变法，更改祖宗法条，最后由于多种原因导致改革失败因而使之成为一个在历史上颇有争议的人物。王安石性格孤傲、因强势推行新法得罪不少官员，最后，兄弟反目、众叛亲离，世人长期对其褒奖少而贬毁多，因而他在官场上的历史地位落差较大。还有人猜测，可能是王安石在推行改革的过程中或多或少也触及一部分人的利益，一些保守派和对改革有抵触情绪的人经常在各种场合、以多种形式诋毁和歪曲王安石，使王安石特别是生活在家乡瑶田的王安石的后人的声誉受到影响，于是纷纷向东乡、金溪、甚至更远的吉水迁徙；也有人说王安石本人定居南京，长子王雱英年早逝，其妻（原配彭氏）又一直在离上池不远的一座寺庙里念佛，因而未在瑶田继续置业添房。

世事纷杂，千年沧桑，许多事无穷细考。好在荆公回乡省亲时闲暇垂钓的兰塘还在，那块被其后裔取名为“荆公钓鱼台”的巨石还在，王安石以此题为《兰塘钓影》的诗作还在，它们都在悄悄地诉说着过往的岁月……

庆历二年（1042 年）三月，王安石荣登进士后，曾返回老家上池瑶田，他站在一块突出的巨石上向瑶田附近一座形如彩凤转翅的白石峰眺望。触景生情，写下《尖石春云》一诗。

王安石的原配夫人彭氏因膝下无儿女去世后就葬在白石峰中，王氏后裔在白石峰安葬了彭氏后遂将此山改名为荆公山。这一山名在明嘉靖年间编撰的东乡县志中即有记载。

三

穿越时光的隧道，千年之后，与王安石有紧密联系的历史遗存在今日的上池村仍随处可见。

走进上池村，一股古老、凝重、深邃的感觉扑面而来。

村口，上书“十一世纪改革家王安石故里”的门楼张开双臂迎接我们的到来。穿过门楼，首先映入眼帘的是位于上池村西侧的“王氏宗祠”。高墙深院的王氏宗祠最近再次被修葺一新，站在大门正对面的半月池边看上去是那么宏伟和古朴。

江西省人民政府 1985 年 12 月确立上池村为“全省重点风景名胜保护单位”，2000 年，确立上池村的“王氏宗祠”为江西省文物保护单位。这两个重要信息以牌匾的形式被永久地镶嵌在“王氏宗祠”大门两侧的墙壁上。

这个早在 20 多年前就被省政府定位为“王安石故里”的上池村，至今已接待全国各地前来参观、游览、考察、凭吊的官员、游客 10 多万人，其中包括原中国文化部副部长、故宫博物院院长、中华诗词学会会长郑欣淼先生等知名学者、专家。他们在参观了上池村，特别是看过陈列在“王氏宗祠”里的王安石的大量历史资料和珍贵遗存之后，对“一代名相”王荆公肃然起敬，对历经千年仍旧保存着许多与王安石有着深厚渊源的古村上池由衷称赞。

上池村以及所在地黎圩镇在明正德七年前属临川县管辖，原属临川79都延寿乡的领地。1086年王安石去世，历时426年后，东乡于明正德七年，即1512年建县。其中，从临川划入的有6个乡168里。上池划归延寿乡22都。民国时这里曾设立“荆公乡”、上池归荆公乡管辖。中华人民共和国成立后，上池属黎圩区上桥乡。八十年代中期人民公社建制废除后，为虎形山乡上池村委会。撤销虎形山乡后，上池村归属黎圩镇。

宋朝初年，王安石曾祖父王明、字克明即从今抚州府区的盐埠岭迁徙至今日的上池明珠峰西侧时，这里仍归临川县管辖。明正统戊午年，时任兵部尚书国史总裁的庐陵人杨士奇所撰《上池瑶田王氏族谱序》中记载：王克明寄情山水，留恋于明珠峰一带的壮丽美景。于是，便将临川盐埠岭的旧宅废弃，让儿子公达（王安石的祖父王用之）安排举家迁徙至今上池瑶田。

屈指算来，上池村已历经近千年，而位于村西的《王氏宗祠》算是一个历史的见证者，而且将继续见证着上池村的未来。

《王氏宗祠》相传为王安石的侄子王旂所建，后经四次重建和多次维修。现存的宗祠为明崇祯庚辰年（1640年）重建，清道光年间和民国中期进行了两次维修。细心的游人从墙体的砖块和室内的梁柱就不难发现，这座宗祠所经历的岁月，以及所经历过的岁月留下的痕迹。

可以这么说，如果没有改革开放，王安石只能以他的诗文荣耀于文学史。因为他在任职宰相期间推动的改革虽然受到大多数人、包括宋徽宗的赞赏，但是毕竟没有完全实现，因而作为改革家他曾备受争议。中国有史以来，担任过宰相人的不计其数，大多数人已渐渐甚至永远沉寂于历史。而历经千年后，时代却选择了王安石。在二十世纪八十年代初，王安石被大潮推上了浪尖。一时间，改革家王安石的名字响彻神州大地。一同沾光的便是王安石的故里——上池村。这个沉寂了千年、隐藏在一座并不特别高耸、特别雄伟的明珠峰下的小村一夜之间浓妆艳抹走到了台前。

1985 年，省、地、县三级政府拨出专款将当时已经破旧不堪、摇摇欲坠的王氏宗祠的中、下两堂修葺一新。两年后，村里集资又将 1867 年被大风吹倒的上堂先期进行了重建。由于没有得到专家的指导，重建的上堂失去了原有的风貌。至八十年代末，王氏宗祠、村前门楼、宗祠前的半月塘等均完好，宗祠里展示了大量珍贵的文物、字画，一时间，吸引了大批的官员和文化人前来参观。

时间悄悄地走过了 20 多年。王氏宗祠一直牵动着江西省有关部门专家和领导的心。2010 年省、市有关部门再次拨出专款对宗祠的上堂和附属的膳房进行了修复。

今天，走进宗祠，你可以径直穿过上、中、下三堂。置身其中，顿觉宽敞、深邃，涂漆一新的梁柱立于厅堂之中，俨然堂上身穿盔甲威武的勇士。梁柱之上悬挂着一幅幅古朴典雅、庄重气派的木刻楹联。横梁上镶嵌着的“荆国世家”等多块匾额特别引人注目。宗祠里陈列着王安石珍贵画像、王氏家族世系祖先传承图表以及与王安石有渊源的文物史料。

“王氏宗祠”浓缩了上池村的千年历史。

四

作为历史名人和“一代名相”的故里，上池村的人文底蕴无疑是无比厚重的。同样，以“王氏宗祠”为代表的该村的古建筑也是气势恢宏、可圈可点的。以“总门里”为重点的上池村古建筑群不仅历史悠久，而且规模宏大、各具特色，它凝结了王安石后人杰出的智慧和才能。游人看过之后，都对上池村绵延千年的文化底蕴以及深植于村民血液里的荆公的傲骨与灵性由衷地折服。

如今，你走进上池，不仅可以看到被毛主席赞誉为“红军书法家”、“党内一支笔”的中国书法家协会首任主席、东乡土生土长的革命家舒同题字的门楼，可以看到修葺一新的王氏宗祠里多位领导和书法家题咏王安石的书法墨宝；你还会发现，村口新立了一座由一块大青石篆刻的“王安石故里”的村牌。除此之外，各主要景点也得到了整修和标示。为方便游客参观，村头巷尾同时设立了线路指示牌，景观介绍等。一句话，已具现代意识又热衷于推介本家先贤的上池人已经融入到一个新的境界之中。

村头的池塘边，两棵古樟相依相随。微风中，枝桠相连，似如夫妻牵手絮语。树下，三五村妇在池边洗菜、搓衣。小孩在空地上尽情玩耍，天真而逗趣。

踩着卵石铺就的小径，走进青砖灰瓦相拥着的小巷，目之所及都是一幢幢具有明、清建筑风格的古屋。看上去门楣考究、题字精美，飞檐翘角、雕刻大气。古井、古巷、古池相互依存，前院、厅堂、后园各具特色。暗藏的沟渠一年四季清泉流淌，街巷的石墩经年不移光光溜溜。雨后，苔藓爬上台阶，绿草长满墙头，越发显得苍茫和远古；游人走进幽静的小巷，身子似乎变得瘦长。驻足深邃的厅堂，即便小声耳语，嗓音也变得洪亮。若是赤脚走在青石板上则顿觉神清气爽，让你找回童年曾经有过的记忆。与一同坐在石墩上的老人聊天、拉家常会让你萌生梦回故乡、亲密无间的感觉。伫立深宅仰望厅堂的天窗顿觉心翔浮云，心空碧蓝。

“总门里”是清代一个建筑群。传说是村里一位名叫王来期的王氏后裔在湖北开炼铁厂发家致富，后回到家乡上池，花了 5 年时间建造起来的。该建筑群只有一个总门可以进出，四周有 5 米高的围墙。里面共有 7 栋大宅房且依次排列。房屋结构精细讲究，梁柱选材上乘。内置花圃、鱼池、马间以及灭火瓦缸等附属设施。特别是屋后还别出心裁地建有防盗、防火机关。其功能一是用来排水、用水；二来发生火灾时就地取水灭火；三是遇到盗贼、敌匪袭扰时，每户人家都可以搬开石板，钻进水沟逃到屋后的深山密林之中躲藏。水沟的空间很大，可以容纳两人并排弯腰行走。水沟从山上一直通到各家，取水、洗澡、洗涤衣物极为方便。时至今日，它仍然还在发挥着作用。此工程设计之巧妙，工艺之精湛令人叹为观止。

“世宦祠”是上池村另一处具有代表性的古建筑，也是一座极具江南特色的宗祠。该宗祠为砖、木、石结构，用料精良。宗祠内保存有许多精美的砖雕、木雕、石雕。宗祠坐北朝南，三厅三开间，面宽 12.2 米，进深 30.4 米，高 6 米，占地面积 366 平方米，正大门石匾阴刻“世宦祠”三个楷书大字，两侧大门上方刻有“登科”和“及第”字样，四字笔锋舒展，笔力遒劲，是难得

一见的古代书法真品。三扇大门两侧各有一个石墩（欲称三门六墩）。前厅进深 7.65 米，中厅进深 12.3 米，后厅进深 6.9 米，呈后高前低之势，中设两天井，封火山墙，为典型的明代建筑。

位于上池村的古建筑“常肇居”相传为王安石的别墅。始建于宋嘉佑六年（1061 年）。据《上池王氏族谱》记载：此别墅为两层三进、三厅，有房 20 多间。后改为“十家书院”，由十户人家负责管理修缮。上池村王家子弟均可入学读书。别墅占地 400 多平方米，外围墙右面开有大门，上书“别墅”二字，中间是口池塘，池塘正中的围墙上书“浴云池”三字。上厅左楼开着圆窗，对应百叶陂，晴天夜晚可看到月亮。窗上方有木质匾一块，上书“听月楼”三字。传说王安石曾在云池沐浴,在听月楼凝视过月亮中的吴刚和嫦娥，怀想他们之间发生的神话故事。一位私塾先生有感而发，曾撰对联一副：“听月楼台伴我图书千古秀；浴云池上宜人花鸟四时春”。

以总门里和世宦祠为代表的古建筑群为上池增添了历史底蕴。同时，也为一代伟人的故里凸显了人文亮点。

它们像一位时光老人在娓娓诉说着上池村过去的岁月。

五

“天变不足畏，祖宗不足法，自古英豪软卓识。

祖德可以师，学问可以传，至今乡里仰遗风。”

这是悬挂在上池村“世宦祠”内的一副赞颂王荆公的对联。

“政治抗三代之隆，差让伊皋伊旦。

文章驾百家而上，殊超韩柳欧苏。”

横联：“俎祀光华”。

“世宦祠”里这两副对联赞颂王荆公的精神和品德，表达了乡亲对王安石这位天才改革家的敬仰和怀念。

对于上池家乡，王安石同样十分热爱和留恋。

据不完全统计，他一生中所作的与东乡有关的诗词达100多首，其中描写其家乡上池村的就有近60首，几乎把上池的山川风貌、风土人情和对亲人朋友的情谊都写进了他的诗歌。这在中国文学史上恐怕是绝无仅有的。一个并不在上池出生，也没有长时间在此居住的人对故乡的一草一木、一山一水却饱含深情，并将这份恋乡眷土之情吐露笔端，实属不易。这从另一个侧面说明了他与上池的紧密联系。

最甜蜜的是家乡水，最亲近的是故乡人，最难忘的是家乡的美景。王安石生前曾多次回到故乡上池，特别是童年、青年时代。虽然是短暂逗留，可是从王安石描写家乡上池的许多诗歌中却能够清晰地看出其对家乡的景物的熟悉程度。时间跨越了千年，他的诗中所点到的、描写的地名、景物直到现在还在，而且大多风景依旧。一个小村，多个山名、地名温文儒雅地走进文学大家的诗文的确是一大趣事。就如同“荷塘月色”，就如同“桃花潭水”。

有趣的是，由于对上池的情况不是太熟悉，一些研究王安石生平和诗歌的人常常牵强附会甚至张冠李戴。

王安石的生花妙笔让那些看上去似乎很普通的景致变得灵动锦绣、活泼多姿。

“清风阁”是王氏族人用来祈求天神，力求风调雨顺的地方。它位于村西口左侧，阁内供奉着多位天尊灵神。该建筑据称是在原址上重建的。当年的清风阁香火旺盛，四乡八邻前来祭拜。王安石亲眼见到过这种场面，因而写了一首题为《清风阁》的诗。这首诗现刻碑立在重建的“清风阁”前。

王安石在明珠峰中的云峰书院读书时，曾经写过一首题为“云峰早照”的诗，诗中云：“一抹明霞黯然红，瓦沟已见雪花融；前山不放晓寒散，犹锁白云两山峰”。诗中所言的“白云两山峰”即为白石峰和白云峰，均为上池附近的山峰名，而且至今还在使用。站在明珠峰上的上池村，眼前这两座山一目了然。

庆历二年（1042年）三月王安石登杨真榜进士第四名，八月赴任签书淮南判官。庆历四年三月，王安石请假回到上池家中看望祖母谢氏。时值暮春，雨过天晴，夕阳西下，夜幕降临，炊烟四起。此情此景，让走在村西泷溪河畔一条小道上的王安石看得差点迷路了。游历过名山大川、亲近过秀江丽水的王安石却陶醉在家乡暮色的景致之中。人在夕阳下，村子在群山中，小鸟欢叫着迎接游子的归来。这一幕，被王安石写进了《泷溪晚烟》一诗中。

笋兴迢递出泷溪，草树含烟路欲迷；
绕屋好山看不尽，数声啼鸟夕阳西。

白石峰位于上池瑶田村南，山形如同凤凰展翅。王安石荣登进士后就一直在外为官，几乎一生都过着颠沛流离的生活，夫人彭氏则大多数的时间都在其家乡上池居住。死后被葬在白石峰位于“凤的翅膀”的位置，寓意死后像金凤一样展翅飞翔上天。

王安石与彭氏聚少离多，对彭氏的那份情谊尚在。他曾亲临这座后来改名为“荆公山”的山上凭吊。并写下《池上金沙》和《尖石春云》两首诗，其中就有“红蕊似嫌尘染污，绿条飞上别枝开”和“白石峰头草木深，春风相与散人襟”之句。

龙安在上池瑶田西南三华里处，是通往王安石外婆家——金溪拓冈的必由之路。龙安这地方当时有座寺庙，名为“龙安殿”，像其他寺庙一样，龙安殿里也传出暮鼓晨钟。一天傍晚，他和弟弟安礼（字和甫）经过此地，写了一首诗，其中一句是：“房栊半掩无人语，鼓角声中始欲愁”。

熙宁九年（1076年），王安石在相位，统领尚书左仆射兼门下侍郎。这年七月，王安石的长子王雱因病去世，王安石忧伤至极。年底他和次子王旁回到上池故里，并在上池瑶田的家中与弟弟王安上一起度过了一个难忘的除夕夜。除夕夜是热闹的，一家人围坐八仙桌吃着最丰盛的年夜饭。兄弟之间彼此猜拳行酒令尽情畅饮，之后又彻夜长谈，气氛是何等的融洽。由此联想到自己漂泊在外，经历沧桑，感慨万千。为此，王安石写过一首题为《除夜寄涉弟》的诗。诗中云：“一樽聊有天涯忆，百感翻然醉里眠。酒醒灯前犹是客，梦回江北已经年”。诗中表达了其怀念故乡、思念家中亲人的殷殷深情。

兰塘在今上池瑶田，与王安石家宅不足百米。兰塘西岸有一块天然的巨石，王安石返乡时常在此垂钓，并曾以《兰塘钓隐》作诗一首：“宅近兰塘水竹西，钓竿日日占苔矶。每疑弱缕牵云动，不用扁担载月归。赤鲤有神宁出穴，白鸥无事已忘机。桐江莫笑羊裘老，曾拜天书下紫薇。”诗中明确地告知其家宅的方位及环境。今日瑶田仍旧是翠竹连片，竹林旁的兰塘尚在，池水碧波，翠竹倒映水中，景色十分美丽。

王安石描写故乡上池的诗歌还有许多，比如《西林梅玉》。

上池村西边的林子里曾经辟有一个面积为十余亩的园子。园子里栽植了上百棵梅树。春天，梅花开放时，文人雅士都来这里观赏梅花。有一回，王安石和他的次子王旁也来到梅林赏梅，并由感而发写下《西林梅玉》一诗：“杜家园内好花时，上有寒梅两三支，日暮欲归岩下宿，为贪香雪故来还。”

人生短暂，岁月漫长。诗歌不朽，乡情永恒。王安石怀乡思乡爱乡之情随着他的诗歌的万古流传而历久弥新，日渐情浓。

六

从某种程度上说，上池委实只是一个小村，而且地处东乡的一个偏远的角落。但是，它却是东乡文化积淀最深厚、人文底蕴最丰富的地方之一。

作为历史上一位重要的改革家、文学家、思想家，“一代名相”的故里，上池在中国改革史、中国文学史上是一个经常被人提及的地名。石破天惊、几经周折的变法让人们记住了王安石，同样，王安石那荡气回肠、情意悱恻

的怀乡诗又让人们记住了上池。

上池是不同寻常的。

上池是一颗启明星、一块仿模板；上池是一个榜样、一种力量。

没有上池，便没有文人辈出、民风淳朴、古建筑云集的黎圩镇。王氏家族人丁兴旺、子孙绵延，且大多在朝为官，在外经商。也许是上池的地域太过于狭隘、也许是过于谦卑不愿张扬，王氏家族的后人在为官或是经商发迹后，都纷纷离开了上池瑶田，在方圆几里、十几里的范围择地而居，不过，大多集中于东乡的黎圩、愉怡一带。

白云峰下的黎阳村是黎圩镇政府所在地。这里王姓人口超过千人，据称也与上池有着深厚的渊源。被江西省列为历史文化名村的浯溪更是人文荟萃，显赫一时。南宋庆元元年（1195 年），王安石之弟王安国第四代孙王志先（字子春）从上池瑶田搬迁至此，至今已有 800 多年的历史。据县志记载：仅明正统十三年（1448 年）至天启五年（1625 年）的 177 年间，该村就先后有 4 名学子高中进士，一个小村考起的进士占东乡明朝进士的百分之十八。该村第一个进士为王常，正统十三年登第，官职监察御史；其子王显于天顺元年（1457 年）又考取进士，官拜六安知州；侄子王统为弘治三年（1490 年）进士，官至佥事；王常的另外两个儿子王昌、王盛同时于成化十年（1471 年）考中举人。“父子进士、叔侄进士，兄弟同科”一时传为佳话。为此，村中特建有“奕世甲科”牌楼一座，以表彰王常之父王汝为一家四代 7 人名登甲科的壮举。

天启五年（1625 年），浯溪村人王廷垣又高中进士，官至詹事府正詹。因其教过皇太子（后来的万历皇帝），太子后来登基做了皇上，因而王廷垣的名声大噪。村民特意为他建有一条全长480米的槽状“状元道”。如今，在浯溪村，你还可以看到昂首屹立在村前的“奕世甲科”牌楼和王廷垣修建的“官府厅”等大量古建筑。以“绣花楼”、“贞孝牌坊”为代表的浯溪古建筑群吸引省内外大批专家和游人前来观赏。

离黎圩镇不远的后畲在乾隆七年、十三年分别考取两名进士，他们是王廷枢、王定符。因而在今日的后畲村也同样遗留了不少明、清的痕迹。该村的“甲第”古门楼以及村里的古井、窗上精美的石雕都具有极高的审美价值。

王安石治学、为官的品德更是直接影响了王氏后人。据不完全统计，仅黎圩镇王姓考取进士就有16人，考取举人50多人。他们在外为官都能安分守己、爱憎分明，以图一个好的口碑。

在王安石这颗巨星的照耀下，东乡这块神奇的土地上，先后出进士91人，其中状元、榜眼各一人，举人184人。废除科举制度后，东乡在民国时期担任县级以上军政要职的有11人。新中国成立后，东乡的教育事业蓬勃发展，各类人才层出不穷。截止1985年底，县籍人士在外地担任县、团级以上职务的有98人，高级科技人员、学者17人，旅居海外、或在港、澳、台担任大学教授或是知名企业董事长、经理的6人。

这其中就包括曾担任中国军事科学院副院长、中央顾问委员会委员、中国书法家协会首任主席的舒同。曾担任山东工业大学、山东大学机械工程学院博士生导师、在超硬刀具材料加工领域取得突出成绩，被世人誉为“神刀”的艾兴和擅长版画、中国画创作、获“鲁迅版画奖”的画家吴光华……

近20年来，东乡县各类人才不断涌现，各个领域呈现“长江后浪推前浪，一代更比一代强”的全新局面。“东乡骄子”在各自的岗位上为东乡、为中国的崛起和富强竭尽全力地工作着，悄无声息地奉献着。

他们都是荆公故里东乡的后辈，都曾受益于上池这块土地的厚重的文化底蕴，因而也承载着先贤的期望和嘱托。

在他们心里，上池已经幻化成一种象征、一种信仰、一种动力，一个高度。

千年上池，风景依旧，民风依然，文风绵延。

七

上下五千年，一部《中国通史》让你一目了然。一个民族走过的岁月，经历的坎坷，发生的变迁，感受过的荣辱兴衰，都靠文史学家那支笔一如既往、点点滴滴地记录和表述。

世事变迁、风云变幻。纵使天界仙人，千年之事，也都在虚无缥缈之间。一代名相、安石故里上池，历经千年，除山地未移、方位不变之外，人、物早已改变。千年之事也就自然有人要模糊，有纷争，起波澜。

宋景定五年张桂在《上池王氏族谱序》中写道："然临川之东，置地日上池。……有山焉，遂屋以安居；有坪焉，遂田以粒食；有陂焉，遂堤为旱备。""北望金峰嵯峨万丈，荆公夜宿之诗在焉；西望龙安迢递送弟（安上）之句在焉；俯瞰龙溪宛潭荆公之桥名焉。上池之所为上池者其本固而枝头茂，源远而流长矣。安石公赴金陵任相后，屡辞不允，先命原配彭氏夫人回乡。夫人归里，购田一庄，建房一栋于本里西引寺，以兹奉祀，颐养天年。再命弟王安上回上池定居。因公怀乡心切，族人仰慕功德，遂将山、陂、桥、门楼以荆之名命之，俨若公常在矣。"

相关资料记载：王安石的第二任夫人名叫吴琼，金溪拓岗（今陈坊积城湖村人）。吴氏生了一个儿子和两个女儿。儿子名叫王雱，生于庆历四年（1044 年）即王安石考中进士的第三年，那时王安石 24 岁，在扬州当判官。吴夫人不仅长得漂亮，而且颇有文才。曾有诗作流传至今。王安石于宋元祐元年四月初六日（1086 年 5 月 21 日）逝世时享年 66 岁。他死之前住在江宁，所以死后也就葬在江宁钟山（今南京市钟山）。他的妻子，被皇上封为吴国夫人的吴氏死后也葬在那里。这些记载与族谱基本吻合。

一本《上池王氏族谱》让弥散在金峰山隘里的乌云退却，让笼罩在明珠峰畔的浓雾散去。族谱是一个家族的长征史，记录着这个家族从呱呱坠地、蹒跚学步、独自行走到脚步沉实、翻山越岭的踪迹和旅痕。在一个长期崇尚诚信、恪守本分、恒久忠诚、尊重历史的国度，用黄表纸、刻板字、线装成册的厚厚的族谱被视为神圣之物。族谱大多由氏族中德高望重的人保管。每年正月初一，村民都要举行隆重的仪式祭祀祖宗，同时将族谱放在宗祠的神龛上一并瞻仰。天长日久，袅袅香烟、鞭炮的硝屑，还有雨季的霉腐、经年的虫蛀，最后族谱纸质泛黄、边角破损残缺，就像一位缺牙豁齿的耄耋老人。

《上池王氏族谱》以最原始的方式、最本真的还原了王安石的历史以及与上池的渊源。可是，你也许不知道，这本已经被省博物馆收藏了的《上池王氏族谱》当年差一点就被泥瓦匠撕毁、然后拌入泥浆涂抹在凹凸不平的墙体中。

那一年，东乡县第一座综合性政府办公大楼墙体粉刷，需要大量的纸筋作辅料，负责施工的人员向有关部门求援。某文化部门便将"破四旧"时从

全县各地搜集到的旧书、旧报、废纸一股脑儿地给了他们。这其中就包括对研究王安石生平极有价值的《上池王氏族谱》。

也算是一种机缘，就在施工人员正捧着这本厚厚的族谱准备动手撕烂时，曾在王安石故里上池所在地黎圩工作过、且知道王安石与上池来历的一王姓先生恰巧发现。他让施工人员将这本族谱拿给他看，竟然发现这是一本《上池王氏族谱》，上面除有王安石等人的画像外，还有他熟悉的王安石诗作。

这位并非东乡祖籍却对中国历史文化、特别是对王安石有所了解的基层文化工作者急中生智地编造了一个的理由将这本族谱悄悄地藏了起来。

就是这本《上池王氏族谱》让上池在 1985 年年底成为“全省重点风景名胜保护单位”，让屹立在村口的“王氏宗祠”成为江西省文物保护单位，让上池成为“十一世纪改革家王安石的故里”。

一本《上池王氏族谱》洗净了历史的铅华，还原王安石千年历史的真相。

上池瑶田、荆公山、明珠峰、半山书院、荆公钓鱼台、安石读书台，这些在上池村仍可找寻的历史遗迹在《上池王氏族谱》里早有记载，与东乡有时以来第一本县志——明嘉靖年间编撰的《东乡县志》如出一辙。

上池是灵动的，但也是真实的。它的真实曾经存在于文字之中，而记录保存这份文字的人却承担了不少的风险。

《上池王氏族谱》曾经被暗藏在上池村最著名的建筑之一“世宦祠”的大门内侧的墙体内，保护它的人在那个特定的环境里，纵使身受苦楚也没有将它交出。那是一份对祖宗的虔诚，对诺言的恪守，对信任的忠贞。

金溪学者蔡上翔辞官不做，花几十年时光搜寻王安石的资料，最终写出了鸿篇巨制《王荆公年考》。其中除对王安石怀有敬仰之情之外，对曾经孕育了这位改革家的故土上池也满含深情。

上池王氏后人王明占、王平国先生几十年如一日为上池坚守，为一种矢志不移的信念厮守，为存在的事实和不朽的历史固守。为了乡亲们的嘱托，为了发扬光大王安石的精神，他们的额头爬满皱纹，鬓角布满寒霜。

上池的后人不仅厚道、执著，而且可敬可亲。

八

上池村有三件宝，除上面说到的族谱之外，另有两件是王安石画像和宋徽宗御赐给书法大家米芾的砚台。这三件宝物在印证上池为王安石故里的过程中起到了至关重要的作用。

这里先说荆公画像。

在上池王氏宗祠上堂正中神龛的位置上，除依次悬挂着上池村一世祖王明、二世祖王用之、三世祖王益的画像之外，左侧赫然地出现一幅装裱了的王安石坐姿画像。画中的王安石头戴灰色的圆形毡帽，身穿黄白相间的官袍，一手轻轻地搭在膝盖上，一手握着腰间的束带，安详地坐在椅子上。他的爬满皱纹的脸上刻着岁月的沧桑，因改革屡次受挫而留下的疲惫和迷惘都在他的眼神里留下了印痕。此刻，年迈的他仿佛在沉思，在回首，在忧虑，过往和未来，自我与国家，满腹心思、满眼忧郁。

其实，挂在这里的王安石画像是一件复制品，无论是装裱工艺还是临摹技艺比起原作肯定有所逊色。我们所见到的这幅画像已经出现了明显的破损。毕竟不是真品，毕竟收藏在这样一栋不能恒温、各种条件都不完备的宗祠里。

那么，这样一张“著冒束带，神采如生”的画像出自谁人之手，又是怎样一代又一代地保存下来的呢？

原来，王安石被罢免丞相一职后，一直住在金陵定林院中的昭文斋。期间，他常和李伯时、米元章、蔡天启、叶志远等人出外游玩。一天，他们当中有人突然提议要王安石画一幅肖像画，并向其推荐当时有名的画家李公麟。王安石心中烦闷正欲找些开心的事排遣，便萌生了为自己画一幅肖像画的想法。可是，又担心画家李公麟不一定会乐意。没想到，事情一说，李公麟便一口答应了。于是，在王安石的居所昭文斋，李公麟一连给他画了三幅肖像画。其中包括这幅工笔线条画作。画像完成后，王安石的好友苏东坡在画作的上方题写了一段文字。后来尚书何进见到这张画，一直对王安石极为崇敬和敬仰的他又在画作上题写了“忠贯日月，孝通神明，功在王室，泽润生民”十六个字，对荆公的高贵品德进行了高度的概括。

元丰甲子年，王安石的侄子、王安上之子王旂因事到南京见到王安石，王安石叮嘱侄子王旂返乡后要建一座宗祠。并将李公麟替他画的三幅肖像画一并带回上池。次年，宗祠建成，王旂又到南京将此事告诉王安石。王安石得知消息非常兴奋。他在给其弟王安上的信里说，得知宗祠建成的消息，他非常高兴。我们王家从此有了祭祀祖宗的地方，有王旂等前往宗祠祭祀的后人我也感到欣慰。如今，我年老体衰，精疲力竭，都因为这些年我为国操劳担忧，而推行新法又停止了，故而夜不能寐，许多事力不从心，更不能亲自到家乡的宗祠里祭拜，一桩心思难以了却。

于是，王安上在家人祭祀王氏祖宗时就将王安石的画像一起带到宗祠里。王安石去世后，王安石的画像则由其后人收存。

乾隆十五年，时任江西布政司的彭家屏见到王安石的画像后欣然为画题词。出自名画家之手，又有大文学家的题字，宰相王安石的画像因而显得尤为珍贵。不少人都以看到这张画引以为荣。

金溪学者蔡上翔得知东乡上池藏有荆公画像的消息，一直想亲眼看看。为此，他曾求助于其东乡黎圩的好友、王安石叔祖父王质之后裔王交三。王交三为此亲临上池，为其讨要画像，带回家中，再通知蔡上翔前来观赏。就这样，蔡上翔终于在他家见到这幅画像。当时，王交三在王安石的画像前设坛祭拜，蔡上翔更是更衣戴冠恭敬跪拜。了却了这桩心事之后，蔡上翔对好友王交三深为感激。王交三于1782年去世，时年87岁的蔡上翔特为王交三撰写了墓志铭，再次谈及借画之事，表达了其对王交三的感激之情。

清同治八年（1869年）《东乡县志·古迹》也记载了此事，并明确此画“系宋时故物”。

上池多年来一直流传着这样一个习俗，那就是每年正月初一都要将王安

石的这幅珍贵的画像取出来挂在上池源里的王氏宗祠和里阳的世宦祠的神龛上，供后人祭拜。这一天，整个上池村都非常热闹，族人除能见到王安石画像之外，还能见到历代名家赠送给王安石以及王安石后人的字画，其中包括宋代画家画的“十八骏马图”。

50年代，江西举办过一次规模较大的历史文物展览。之前，筹备组向各县、区广泛征集有代表性的历史文物。东乡县文化馆工作人员在征得上池村民同意后，遂将画像送交省馆展出。期间，经有关专家鉴定，由上池村提供的这幅王安石画像确须宋代画家所作。鉴于其自身的价值和文物保护的需要，该画最后由江西省博物馆收藏。上池村现存的画像须由刘品山按原件复制的，画中苏轼和何进的题词被隐去。

1986年11月，抚州召开王安石逝世九百周年纪念大会。会后，来自全国各地近百名代表前往东乡上池参观。其中包括历史学家、江西省社会科学院副院长、王安石研究专家姚公骞。姚院长在观瞻了悬挂在厅堂中的复制的王安石画像后一脸的疑云。原来，他一眼便看出了破绽。在了解了事情的经过后，他向参观的人群详细地介绍了该画原作的基本情况。那一天，宋史专家姚公骞先生在参观了上池的月塘、瑶田、总门里、世宦祠等历史遗存和古建后，欣然题诗一首，表达其对王安石的敬仰及王安石故里的首肯和赞美：“一代风流百代师，熙宁新法费深思。月塘景色依旧在，重睹遗容到上池。”

九

上池村的另一瑰宝是宋徽宗御赐给米芾、米芾又转赠给王安石的端砚。

该方端砚高 9 厘米，长 23 厘米，宽 14.5 厘米，重 16.5 市斤。端砚通体颜色呈青中透紫，微露云雾状。砚池额上有篆书“御赐之宝”四字，四侧各有一龙浮雕。砚底刻有米芾署名的铭文，文的末行下方刻有篆文“元章”印信。

米芾是北宋著名的书法家。他天资聪慧，6 岁时能背诗百首，8 岁学书法，10 岁摹写碑刻，小小年纪就有一定的声誉。18 岁那年，由于米芾母亲阎氏的乳褓情深，皇帝恩赐米芾为秘书省校字郎，负责朝廷重要公文的校对及订正讹误，米芾从此走上仕途。米芾是一个有真才实学的人，不善官场逢迎，于是有很多的时间和精力来玩石赏砚，钻研书画艺术。随着米芾的名声不断远播，同为大书法家并以其创造的“瘦金体”赢得名气的宋徽宗对他也产生了兴趣。为了见识米芾并观赏到他的书法技艺，宋徽宗命人准备了上佳的笔墨纸砚。

这天，米芾拜见了宋徽宗，宋徽宗当即让米芾以两韵诗草书于御屏之上。米芾笔走龙蛇，从上而下龙飞凤舞，一气呵成，宋徽宗看后连连拍手称赞。米芾看到皇上高兴，突然萌发了要将皇上那端看上去青中发紫、砚体高大、上面雕刻了翔龙的砚台收藏为己有的念头。于是，他对皇上说：“此砚已被微臣用过，不配皇上您再用了。可是扔了又可惜，不如御赐给我。”皇上可能一时没听清他说什么，加上他对这端砚台也蛮喜欢，当时并没有轻易答应他。

也就在宋徽宗犹豫不决时，米芾突然将残留了墨汁的砚台双手捧起径直朝自己的前胸一按。这一来，米芾的身上、脸上便溅满了墨汁。米芾全然不顾，还随即用手在脸上一抹，他顿时变成了黑脸关公。宋徽宗和在场的大臣见了都捧腹大笑。机警的米芾见龙颜大喜趁机将端砚揣进怀里。

皇帝见状，颇觉无奈。他知道米芾十分喜爱这块端砚，而自己又爱惜他的书法，作为皇上不便当着大臣的面扫了米芾的兴，于是顺水推舟地将端砚赐给他。

得到皇上御赐的端砚后，米芾创作的热情更加高涨，对这块端砚也倍加爱护。闲暇之余，他经常拿出这方端砚来欣赏。他甚至将此砚比作自己的头颅，曾抱着它共眠过数日。后来，竟然由爱砚、藏砚、赏砚发展到研究砚，并对各种砚台的产地、色泽、细润、工艺作出论述，最后著成《砚史》一书，为后人留下了宝贵的经验。

那么这个“御赐之宝”又怎么转赠给王安石，最后又流落到上池王安石的后人手里呢？

原来，王安石和米芾是经苏东坡介绍而认识、最后成为忘年之交的。

客居润州的米芾于元丰五年认识了王安石的好友、著名散文家、书画家、词人兼诗人的苏轼。第二年经苏东坡引荐，米芾在王安石寄居的江宁结识了王安石。这天，王安石在钟山半山园接待了苏轼和米芾，并与他们二人共同探讨文学和艺术。交谈中，王安石发现，他和米芾彼此都有不少共同的见解。两人越谈越投机，最后王安石与小他一大截的米芾结成忘年交。之后，他们相互之间常有诗文交流和物件的转赠。

一天，王安石去润州（今镇江）看望在润州担任太守的弟弟王安礼时特意上门看望了住在润州的米芾。米芾深为感动，遂将他心爱的端砚转送给了有知遇之恩的王安石。王安石得到这方端砚后同样十分欣喜，并像爱惜珍宝一样爱惜着这方端砚。临终前，一再叮嘱后人要对这方端砚加以珍藏。

于是，这方端砚历经四个朝代，依旧在上池得到保存。最后，这方端砚从上池里阳“世宦祠”的墙体夹缝中取出，于50年代交东乡县文化和文物保护部门收存。

当时，江西省博物馆多位专家曾对此砚进行过鉴定，并得出“确须宋时御赐之物”的结论。鉴于它的价值，县有关部门还特地为其制作了一个精美的匣子，并请著名书法家、东乡籍名人舒同先生在匣子上题写“御赐之宝”四字与端砚一并馆藏。

近日，抚州有一部名为《国砚》的长篇反腐小说据称就是以这一方端砚作为主线展开故事情节的。这部小说的出现无疑使这一极富传奇色彩的端砚变得更加神奇诡秘和扑朔迷离。

浯溪古韵

被列为江西省历史文化名村、位于东乡县黎圩镇的浯溪村近年来先后去过多次，每次几乎都有新的发现和感悟。

一

站在浯溪村口乍一看，这个有着一百余户、近四百人口的村子与其他村落几乎没有什么不同。

春雨过后，乳白色的雾霭在山间、村头久久不曾散去，掩映在山岚之中的房舍依稀可辨。这时，伫立期间，只觉四野迷蒙，空气清新，令人心旷神怡。

撩起轻纱，走近村子，你才会发现在这个有着 800 多年历史，浯溪具有其独特的地方。这个占地 14903 平方米的村子，集中了明、清建筑 59 座，且大部分至今保存完好。其中，特别为王廷垣修建的“状元道”依旧尚存，其为江南各文化名城所罕见；为旌表王士柏之妻李氏立在村头的贞孝牌坊成为在抚州的唯一遗存，因而被缩小比例重新仿制陈列在抚州博物馆中让人观瞻。

浯溪村始建于宗庆元元年，即公元 1195 年，其史祖为王安石之弟王安国第四孙王志（即王子春），王子春率先从离此不足 4 公里的上池瑶田迁徙至此。千百年来，其在该村已繁衍子孙 344 代，不仅为该村留下了大批具有考古和观赏价值的明、清建筑，同时，为东乡增添了深厚的文化气息，为抚州绵延了丰厚的人文底蕴。明、清以来，该村先后有 13 人登科及第，21 人得中举人。明成祖永乐年间王汝为一家四代先后 7 人荣登甲科，轰动一时，至今传为佳话。

2005 年春，时任文化部副部长和国家故宫博物馆馆长的郑欣淼曾亲临浯溪村考察。2007 年，经省人民政府批准，浯溪村被列为江西省历史文化名村。这是在王安石故里黎圩上池村之后东乡在历史人文遗存方面获得的又一殊荣。

二

明天启五年（1625 年）得中进士、官至礼部侍郎、詹事府正詹的王廷垣是浯溪的荣耀和骄傲，他将浯溪推向了一个前所未有的高度。

吴

科甲里

为了凸显这个高度、崇尚他的治学精神，当地学子、官员倡议在该村修建了一条宽一米，长450米，从村里穿境而过、通达南北的“状元道”。这条道的两旁用方砖砌界，中间铺上石板或卵石，一年四季干爽光洁，踩在上面结实厚重。村规约定，这条道专供王廷垣回乡省亲或是接见地方官员时使用，并且只允许他一人行走，其余陪同人等只得在状元道的两侧跟随，即使是被召见的幕僚和当地村民迎娶新人也不得使用，这条规矩一直沿袭了多年。

如今，这条状元道风貌依存。行家说，这样的建筑遗存在江南古建中极为罕见，也是东乡丰厚的文化底蕴和古镇黎圩崇尚才学的一个有力的佐证。

因为这条道的存在和指引，黎圩镇、浯溪村才才子辈出，文风绵延。

曾当过明万历皇帝老师的王廷垣的官厅世称“官吏府”，由四栋紧密相连的宅院组成，每栋均为上、中、下三堂加照壁、天井结构，除其中的一栋于九十年代不幸焚毁之外，其余均保存完好，有的至今还住有人家。从小巷的侧面进入宅院，推开厚厚的木门，跨过高高的石砌门槛，见到的是深深的厅堂，厅堂内立柱高悬、雕刻精美，天窗透明、天井犹存，祖位神龛依原样保存。大门和祖堂上新贴了春联，古朴中渗透着现代气息。

“官吏府”外是一条极具神韵的小巷。小巷长达百米，贯穿东西。站在巷口只觉宽敞明亮，头顶一线蓝天，脚下曲径通幽。巷道用条石铺就，大小相互衔接。地势虽不断攀升却错落有致，行走其间如履平地，丝毫不觉得费力。小巷两旁是高耸的院墙，除住宅的侧门和与之交汇的横向小道之外几乎没有残失。夏天，坐在小巷的石凳上避暑纳凉，上有

山间吹来的丝丝凉风，下有沟渠里渗出的冷气，让人倍觉凉爽；春天，细雨霏霏，有情窦初开的女孩独自一人撑一把油纸伞在光洁的石板上走过，心中自然生出戴望舒笔下雨巷的意境。

这是一条惬意的、现如今一时难以找寻的小巷。在这宁静的小巷里，你可以摇响镶嵌在老掉牙的木门上那锈迹斑斑的门铃，随手缝合那把用了上百年的木制莺莺锁；你可以坐在一旁聆听扎着蓝布头巾、戴着花色套袖的老人一边剥豆荚一边聊着家常的淡定，你也可以细品年轻的母亲一边哼着自编的催眠小曲一边给孩子喂奶的恬静。

小巷篆刻着过往也绵延着未来。

三

如果状元道和那条小巷是凝固和定格的油画，那么绣花楼和贞孝牌坊却是生动和凄美的戏本。

“斋月轩”的进口只有一扇窄窄的偏门，穿过偏门便进了后人俗称的“绣花楼”。

这是一栋占地不大、结构十分紧凑的木制楼房。厅堂几乎是开放式的，没有大门，只有隔着一方天井的一块高耸的照壁。从右侧的那个陡峭而狭窄的木制楼梯可以上到实际意义上的绣花楼。楼上的空间不大，视野也不开阔，一道高约齐腰的木质栅栏和楼板一样保存完好，现居主人将它打扫得干干净净。倚栏眺望也就一方天空，或蔚蓝、或阴沉、或白云，或细雨。一个孤寂的影子在这方小天地沉寂了五十几个年头。

这位17岁从金溪对桥以冥婚的形式扶棺嫁到浯溪的李姓女子，直到74岁也没有离开过“斋月轩”。从进门第一天起就独守洞房的李氏在丈夫、清朝儒士王士柏英年早逝后终年守寡、侍奉公婆终生，其贞孝情义感天动地。道光皇帝为旌表其贞孝特意下旨在浯溪村建造贞孝牌坊一座。这座由儒教教谕廖晋、东乡知县张炳、抚州知府文海等人倡议并主持修建的贞孝牌坊至今巍然屹立在浯溪村南。它自道光二十五年落成至今已沐浴风雨157年。

让贞孝牌坊屹立村前，并不是刻意渲染李氏恪守妇道，而是弘扬诚信和真情，赞美责任和孝心。

王士柏的祖父曾任两广布政使，父亲在京城为官，王士柏在与李氏订婚后即进京赶考，本准备博取功名后回乡完婚，这样既光耀门庭又双喜临门。由于胸有成竹，王士柏果然殿试通过，被皇上钦点为两广粮道按察使。为不辱使命，急顶缺位，王士柏随即从京城直道赶往赴任。由于日夜兼程、旅途劳顿加上水土不服，王士柏感染风寒，未及就医结果酿成大疾，最后英年早逝客死他乡。李氏出自名门望族，心地善良又深谙妇道，得知未婚夫不幸病故后悲痛欲绝，一度萌发殉情的念头。当得知王家尚有年迈的老母没人照顾之后，她毅然打消了轻生的念头，重新振作精神，择定吉日素服扶棺郑重地嫁入王家，以出乎常人的坚毅和亘古不变的信仰为世人留下一段贞孝佳话。

绣花楼，绣出的是一朵开不出的花；“斋月轩”，望的是一轮不能圆满的月。

雨中，伫立贞孝牌坊前，心里掠过一丝寒意的同时，倍感信念的温暖。

四

浯溪村村口正南的大门亭是近年来在原址上重新修葺的，门楣上刻有“南垣翠秀”四个大字，与村北一八字门亭的“科里甲”三字遥相呼应。虽各有特色，都不及村中央的“奕世甲科”牌楼雄伟气派。该门楼系部院、知县为纪念王汝为一家四代七人荣登甲科而建。

生于明成祖永乐年间的王汝为崇尚读书，且教子有方。他的儿子王常考取进士，他的三个孙子一个考取进士，两个考取举人，侄子王统跟着沾光也考取进士。到重孙王廷垣这辈更是出类拔萃。天启五年（1625 年）他得中进士后进京为官。至此一家四代均在朝廷为官，为浯溪村增添了异样的光彩。

小小的浯溪村，为何人才辈出，村民为我们解开了疑团。

浯溪村前，有一条经年流淌的小河，名字就叫浯溪。在离浯溪村不到 0.5 公里的地方有一座三孔石桥，名叫“登科桥”。“登科桥”是以前浯溪村民出门求学和进京赶考的唯一通道。这座桥的设计者根据当地的水文和地理位置，巧妙地设计了三个半圆。山洪未爆发时，河水的落差刚好在圆孔的中轴线上，顺势站在桥的侧面看桥孔的倒影，桥下便出现三个浑圆的月亮。

“登科桥”果然给浯溪村民带来了好的“彩头”。该村进士辈出，能人云集。如今，村里存留的儒林第、应宿第、芳谷宗祠、官吏府等大量的明清建筑群正是浯溪村文化鼎盛、商贾聚集时的见证。

五

太阳透过云层斜射到浯溪村的上空，只见一片方方正正的斗型屋脊还是那么密集和整齐，灰墙黑瓦在阳光的照耀下闪烁着醒目的亮光。

浯溪村的美在于它的凄美而感人的传说，在于它的崇尚刻苦求学、不断进取的传统，在于它对善良、厚道、热情待人的民风的传承，在于对钟情的人守信、忠诚、真爱的无私付出。这些恰恰是我们应该在心中恒久弥留的品行。

飘荡在千里海岸线上的绿丝带

——越南印象

一

三月中旬的江南，春意早已在柳上枝舞动。阳光下，微风习习地吹来，让人倍觉神清气爽，兴致盎然。祖国的南端广西东兴，夏天的脚步似乎来得更快些。我们怀着兴奋的心情从内地来到这里的时候，只见大街两旁店铺的门楣上都飘扬着一面面鲜艳的五星红旗，她像一簇簇跳跃的火苗，让人的心里顿觉有了异样的温暖。这天，东兴的天气似乎特别的热。旅游大巴从北海出发时，太阳还像一位出嫁的新娘害羞地隐藏在深深的云层里，两旁的山以及山上随处可见的桉树林仿佛都笼罩在薄薄的一层雾里。到东兴口岸下了大巴，我们都觉得浑身发热。显然，这里的气温比内地高出许多。当然，让人觉得燥热的还有一份激动与好奇，那就是自己的足迹即将踏在越南与中国的分界线上。

中国和越南山水相连，两国人民的交往由来已久。在越南境内开展的抗法、抗美战争中，中国人民对越南给予了无私的援助。越南社会主义共和国开国元勋胡志明与中国人民的伟大领袖毛主席感情深厚。两位伟人相互崇敬，相互支持，一时成为国与国相处，两国国家领导人彼此合作的典范。东兴口岸位于广西壮族自治区防城港市下属的东兴市的城关镇，也是中国大陆海岸线最南端，与越南芒街市隔江相望，为国家一类口岸城镇。这里距广西首府南宁188千米，至越南广宁省首府下龙市180公里，离越南首都河内308公里。早在1958年，广西东兴就建立了口岸，是我国边境线上的重要口岸之一。东兴口岸过去曾是我国援越物资的输出通道，1978年关闭，1994年经国务院批准重新开放。

处于东兴和芒街之间、与越南交界的多伦河依旧在静静地流淌。眼下，还未进入雨季，河水似乎不是很深。大片大片的河滩显然裸露了出来。不过，还是有小型渔船在桥的一侧划过。中越友谊大桥——这座用钢筋水泥建筑的跨境大桥高高的耸立在多伦河上。桥下东兴一侧有一条便道，便道两侧有许多头戴尖顶斗篷的妇女在摆着水果地摊。据说，这里不少都是边境上住着的果农。你几乎分不出他们的国籍。

桥的南侧为东兴口岸，也就是俗称的边检站。边检大楼正在改造中，二楼为入关边检的主要场所。大厅里挤满了提着大包、小包等待出境的游客。导游不时的招呼着自己带领的团队。他们将办好了的入关签证还给大家，然后按照签证时导游设立的

号码依次排队上到三楼。三楼相对安静一些，出境人员在边防战士的引导下，通过安检之后便来到了出境的唯一通道——中越友谊大桥的桥头。站在桥头，一眼便看到了对岸的越南芒街口岸。由于国徽、国旗和边境的建筑主体的设计、底色相差无几，乍一看没有什么区别，只是两国的文字有着明显的不同。在桥头稍微休息一会儿之后，我们便在导游的带领下，沿着大桥通往越南一侧。

这座大桥最先由法国人于1990年始建。1958年我国在多伦河修建起水泥桥，上世纪七十年代末，因两国之间发生交战，大桥被炸断。中越关系正常化后，北仑河大桥再次重修，并于1994年4月恢复通车。它就是我们现在看到的大桥。大桥全长111米。桥中间有一条斑马线,它既是“中越大桥”管理线，也是两国的分界线。不少游人在这里拍照,求的是“一脚跨两国”的奇特效果。桥上，来来往往的人很多。导游说，随着两座边境城市相互交往以及彼此经济联系的进一步加深，芒街、东兴，越南、中国，在人员交往、特别是边境贸易中几乎没有什么明显的界限。在东兴有越南精品街，在芒街有中国的友谊商铺。他们当中的不少人语言相通、习俗相近、相处亲密和谐……

这让我不由得想起了30年前不幸发生的中越边境自卫反击战。山水相连、曾经是同志加兄弟的越南和中国不幸发生了一场惨烈的战争。至今，在中国人民的心中还留下了印记。

时隔30年，当我有幸来到这里，我首先想到的是，北仑河有多宽，水有多深，河两岸是怎样一副模样，河对岸又是一个怎样复杂的地形？记得曾经在一部介绍东兴镇的电视片中得知，当年有一部分自卫反击战争部队就是从这一带发起进攻的。于是，站在桥上、俯视桥下的北仑河，我的耳畔仿佛传来隆隆的炮声，眼前似乎看到战士们穿过河道冲向对岸的身影。这时，心里便萌生一个念头，那就是在桥的那一头，是否可以找寻一些那场战争留下的痕迹？

通过芒街口岸边检之后，我们很快进入了越南芒街市。原来，这里并没有什么高山屏障，四周几乎都是开阔地。由于临近大海，田园风格还蛮秀美。也许是因为战事过去了 30 来年，也许这是越南人内心的伤痛，就连导游也刻意不提此事，更无从发现与这次战争有关的痕迹。

当初的老山、者云山在这条线上似乎看不到。广西境内赫赫有名的十万大山也隐没在似乎难以褪去的云雾中。导游说，越南由于南面靠近大海，北面属于山区，因而多阴雨天气，空气潮湿，能见度低。初春一早起来常常雨雾迷蒙，到了下午天才慢慢晴朗。因而来越南之前，我想象中的崇山峻岭没有看到，想了解的与那场战争有关的信息几乎为零。

北仑河两岸的树木新叶清脆，一些叫不出名字的花在吐露着芬芳。

二

越南至今没有高速公路。在边境芒街换成越南的旅游大巴之后，我们沿着一条普通的水泥路向第一个旅游目的地被誉为海上桂林的下龙湾进发。下龙湾因为水中耸立数座怪石嶙峋的山峰而被列为世界非物质遗产，目前已成为东南亚知名的旅游景点之一。它位于越南广宁省省会下龙市所在地。离东兴口岸 180 公里，驱车大约 3 个小时。为了让中国游客了解越南，了解下龙湾，越方为我们安排的导游小梁一路兴致勃勃的做着介绍，包括越南的基本概况、发展现状，到越南旅游应注意的事项以及下龙湾景点的特色。一路上，我们透过车窗看到越南的村落，田野、庄稼地、果园。靠边境这边，村民的房子似乎还很陈旧，有的甚至很破烂。不过没走多久，我们发现越南人的住房还真像导游描述的那样：房子都是长条形的。宽度大约 3 到 4 米，深达 10 几米，甚至几十米。导游说，越南南面靠海，西部多山，土地紧缺，因而对建房用地进行了严格的约束。具体地说也就是买地皮的价格贵得惊人，同时在建房后还得每年续交一定的房产管理费用。因而哪怕你再有钱，哪怕所在地再有荒地你也不得擅自建房，不得随意超面积建房，只能往空中发展。政府鼓励村民尽可能到国道或是公路旁建房，一来便于交通，二来可以在路边摆摊做些生意。因此越南的民房最前面的部分大多是开放型的，有的用院子围起来，有的干脆支个雨棚，用作路边摊，做些小买卖。正屋部分则大多为两层以上。由于靠近公路，政府进行道路拓宽改造时，靠近公路的部分可直接拆除。这样一来，房子都是窄窄的、高高的，如果不与邻居紧靠，远远看去则像一堵

厚厚的墙。瘦瘦的，扁扁的，而且左右不设窗户。

这种建房风格几乎在越南全境都能看到。后来我们到越南首都河内参观，在有着“千年文物之地”美誉的河内大街上看到的街道、店铺以及下榻的宾馆全都是这样的结构。所不同的是城里的房子更加挨挨挤挤、密密麻麻。导游特别说明，有的房子因为太窄，连固定的楼梯也没有，只好在家中准备一个带挂钩的竹梯。要上楼时将它挂在天窗口，径直爬上二楼时，将活动的竹梯提起挂到三楼的楼道天窗，然后从二楼径直上到三楼；要上四楼、五楼，都照此行事。若是下楼时则依次先将竹梯放下。假如本楼层没有竹梯，人要是下楼就只能干等。不过，由于长期使用，配合默契，一般情况下都能运用

自如。这大概是越南的奇观。当然也是节约土地、提倡绿色环保的有益尝试。

越南由于地处亚热带，气温比中国内地高。我们出行时，我家乡江西刚开始育秧，越南边境就开始插秧了。到了河内秧苗早已返青，甚至在封行分蘖了。从芒街到下龙湾几乎都是沿着海岸线行驶的，这一带土地肥沃，田野平坦空旷。远远看去，尽显田园风格。

流经越南的湄公河和红河均发源于中国，沿河两岸是越南的粮仓。越南盛产大米出口世界各地。粮农在这块肥沃的土地上挥洒汗水，也为这块土地描绘春色，他们用勤劳的双手创造属于自己的幸福生活。由于多年来饱受战争的创伤，经济基础相对还有些薄弱，基础设施也不是很完善，现有资源尚未得到充分利用，整体发展的速度不及中国。导游小梁自称整体比中国落后 10 年。我们走马观花、管中窥豹之后觉得至少相差 15 ~ 20 年。别的不说，在河内住三星级宾馆，喝水用的是热水瓶，关门用的扣锁，固定窗户用的是挂钩。导游在车上调侃，越南人在饮食方面要向中国看齐，不过中国的菜太油腻了，洗碗麻烦。而在越南，盛过菜的碟子、碗筷只有用自来水一冲就干干净净，因为压根儿就没有留下油水。在越南我们旅行团吃过一道菜，是包装袋装的方便面，用开水烫热放在盘子里，吃了叫人觉得滑稽和意外。

不过，作为近邻和朋友，只要心存友好、待人真诚，吃什么都是香的，都是开心的。

三

导游小梁年纪三十开外，个头中等。留着短发，皮肤白净。口才很好，人也随和，尤其说话逗趣幽默。他自称在河内上过大学，读的是旅游专业。他不仅对越南的历史现状以及发展进程烂熟于心，而且对中国文化乃至风土人情了如指掌。他用流利的汉语滔滔不绝地介绍越南时，常常拿中国进行比较。中国人心里想的、嘴里说的他似乎都知道，甚至还能完整地说出一个个诙谐的、灰色的、流行的段子，逗得大家直乐。当然，他也跟着我们乐。

不过，当他说起自己的祖国，说起开国领袖胡志明时，他的神情是那么专注，那么自豪和自信。胡志明是越南共产党的创始人，也是越南社会主义共和国的开国元勋。他一生都在从事越南的解放和建设事业，在越南人民心目中有着极其崇高的威望。时至今日，仍被越南人民称为领袖和国父。

正如小梁所说，在越南抗法、抗越和争取民族独立和人民解放的伟大事业中，作为近邻的中国人民给予了极大的、无私的援助。越南人最敬仰的胡志明主席早在领导越南人民革命初期就来到中国，在国民党领袖蒋介石统治下曾经被投进监狱服刑 18 个月。期间，毛泽东等共产党人对他展开了积极营救。出狱后，他在中国的国土上继续领导越南人民革命。在这一过程中，中国人民的伟大领袖毛泽东给予了胡志明极大的支持和声援。胡志明与毛泽东感情深厚，亲如兄弟。越南解放后，胡志明要求越南人民时刻不能忘记兄弟的中国人民，不能忘记中国人民的领袖毛泽东。在他任越南社会主义共和国主席时，他极力推动中越两国的友好关系，不断强化两国人民之间的友情。毛泽东和胡志明把越南和中国的关系定位为“同志加兄弟”。在一个非常重要的场合，胡志明曾语重心长地对他的同胞说，他在中国流亡那段极其困难的日子里，毛主席经常用红烧肉招待他。以后，如有中国人到越南，哪怕再穷也得给客人上一道菜，那就是红烧肉。

导游小梁的话的确如此。我们在越南用餐时，尽管菜的品种、数量、质地有限，有一道菜还真的上了桌，那就是红烧肉。

这说明胡主席说过的话至今还深深的铭刻在越南人的心中。我们从小梁说起自己的领袖时的那份深情、那种口吻、那种忠诚，没有理由怀疑这个国家、这个民族的向心力、凝聚力。一个没有对领袖崇拜和怀念、没有对开国元勋敬仰和颂扬的民族是可悲可叹的，也是极其可笑的。

越南和中国一样仍然是一个社会主义国家。但是，大凡去越南河内旅游的人都要去巴亭广场瞻仰胡志明的陵寝。为了看一眼躺在水晶宫中的胡志明主席，我们在炙热的阳光下，排了半个多小时的队伍。那一天排队等待的队伍足有500米，最后的游客排队都排到了河内的大街上。在长长的队伍里，有中国人、法国人，韩国人，有越南本地、胸前挂满勋章的老同志，有穿着校服的小学生。他们一路走来，神情肃穆、感情真挚。大家秩序井然的走进巴亭广场，走进那庄严的陵寝，就为了亲眼看一看越南人民尊敬的领袖，表达一份对这位终生独身，把毕生精力都奉献给了越南人民的领袖的敬仰。

四

首都是一个国家的象征，也是这个国家政治、文化的中心。在国人的心目中，首都是令人敬仰和无比神圣的，也是一个国家进步、强大和繁荣的缩影和标杆。我因事曾经去过北京，也曾在乘坐列车的空隙匆匆地去过天安门广场。由于时间紧，恰逢毛主席纪念堂关闭，因而只在人民大会堂、人民英雄纪念碑、天安门、金水桥一带绕了一圈。除在天安门城楼毛主席巨幅画像前伫立片刻并留下珍贵的照片之外，没能到毛主席纪念堂瞻仰毛主席遗容，因而留下一个深深的遗憾。

然而，这次我却有幸到毛主席的亲密战友、中国人民的好朋友胡志明主席的陵寝参观。

到越南境内出游的第一天，原本计划游览越南广宁省省会下龙市所在地的著名景区下龙湾“海上桂林”。从东兴乘越方提供的大型豪华旅游车经3个小时车程赶到下龙市时，天差不多黑了。晚餐的时候，导游告诉我们，越南有一个重要的会议第二天将放在下龙市召开，不仅所有的旅馆订购一空，出海观景的游艇也被全包了。也就是说，如果在下龙，当晚不能住宿，第二天不能出游。于是，在导游的提议下，大家决定直达河内先住下再说。从下龙到河内大概4小时的车程。到了河内已经是深夜11点了。一行40余人在导游的安排下入住一家标识为三星级的黄龙宾馆住宿。这是一家临街而建、由两间店面合起来的长条型建筑，宽度不大，却很纵深。高六层，分别有楼梯和电梯上楼。进了客房才发现，所谓的“标间”也就10平方米。卫生间和卧室是分开的，卫生间有水龙头可以洗澡。卧室里放了两把木质靠背椅和一个衣柜，衣柜旁放了一个小型电视机。挨着衣柜中间铺了两张床，两床之间就只能过一个人，由于阴暗、闭塞，躺在床上觉得蛮压抑。好在一路颠簸，夜已至深，我还是很快入睡了。

第二天一早，我们便起床了，吃过早餐之后，只见旅馆前的大街上密密麻麻全是骑摩托赶路的人。路上，导游就介绍过，越南首都河内摩托车多得出奇。河内是越南北部最大、越南全国第二大城市，人口400多万。它历史悠久，曾经为越南封建王朝的京城。文物古迹、历史遗存颇多。不过，街道却非常狭窄。街上红绿灯不多，但是从早上7点半之后到9点半之前，大型车辆包括旅游大巴都不能在主要街道上行驶，以留出道路给摩托大军。

耳听为虚，眼见为实。若不是亲眼所见，你怎么也不会相信越南的摩托车多到什么程度。我们下榻的黄龙宾馆位于河内一条不起眼的老街。说它不起眼和古老，是因为在这条街上似乎看不到新建的高楼。然而，就在这条街上，我们足足看了两个小时的摩托车过往队伍。他们几乎都朝着一个方向行驶，其情形与夏天雷雨前搬家的蚂蚁阵一模一样。乍一看，真是挨挨挤挤、密密麻麻。你若是想到宽只有六七米的街道对面去，你得等上老半天。好容易到

了 9 点半，我们的旅游大巴才出现在眼前。坐在车上，还陆陆续续看到骑摩托的人，街道两旁的店铺前几乎全摆放着摩托车。这么说，越南真是一个名符其实的摩托车王国。

导游把我们带到河内首府即越南党中央所在地巴亭广场参观。在这里我们参观了位于巴亭广场中央的胡志明陵，胡志明故居，主席府。胡志明陵是 1976 年在前苏联帮助下建成的，陵中存有胡志明主席的遗体。胡志明主席的遗体经防腐技术处理，国内外游客可排队免费进入瞻仰。由于胡志明在越南具有至高无上的地位，其陵寝是越南进行爱国主义教育的圣地。那天，与我们一同到胡志明陵寝参观的除了外国游客之外，还有越南的人民群众。

河内面积为 920 平方公里，地处红河三角洲西北部，红河和苏沥江在此交汇。市内有西湖、还剑湖、历史博物馆、文庙、独柱寺、玉山寺、镇国寺等景区。

导游把我们带到越南主席府前的巴亭广场上参观。只见眼前出现一块空旷的绿地。时值初夏，草地郁郁葱葱，在阳光的映照下一片明艳。导游告诉我们：这里就是越南人民崇敬的领袖胡志明主席宣读《独立宣言》，宣布越南民主共和国成立的地方。如今，广场中央立有一根高耸入云的旗杆，旗杆上飘扬着越南国旗。草地的一侧，是一栋金黄色的两到三层的横条形建筑。据称那就是越南“人大”开会的地方，相当于北京的人民大会堂。离胡志明陵寝不远，有一栋 4 层楼的法式建筑，它就是主席府，也就是越南党中央办公场所。这栋由法国人始建、具有浓郁的法国建筑风格的宫殿，看上去金碧辉煌、大气端庄，也是我在河内见到的最雄伟的建筑。

据介绍，在河内新区如今也有不少高楼大厦。但是，我们这次几乎没有看到。那些以当初主要经营项目命名的 30 多条古街道似乎又窄又旧，街上的行人摩肩接踵。以越南主要民族——京族为代表的、穿长筒裙的妇女也很少见到。即使在巴亭广场也没看到几栋高耸入云的建筑。对此导游是这样解释的：河内是一座拥挤不堪的城市，曾几度考虑迁都。

五

越南女子以细长、瘦腰、水灵著称。越南的工艺美术作品中往往将越南女子描绘成头戴尖顶斗篷，身穿白色旗袍，肩挑两个水罐的背影。越南年轻女子身材苗条，姿态婀娜，长发披肩，仿佛飘飘欲仙。因而也成为越南旅游的一个看点。

这次我们到越南的下龙湾、到越南首都河内，除购物中心和大街上见到一部分这样的美女之外，数量几乎不多。导游说，只有到河内的繁华大街、到知名的女人街购物中心、到高级娱乐会所才能看到更多漂亮的越南女子。不过，大部分越南女子，特别是年轻的女子都比较瘦条。她们眼睛大、皮肤白、肩不宽、腰身细、小腿长、臀部窄。这种苗条与其他国家的女子的苗条是有本质区别的。我们所见到的苗条往往只是腰部，而越南女子的苗条指的是全身。越南女子脚穿拖鞋、身穿长袍笔挺地站在那儿宛如一根翠竹，挺拔有形、神韵十足。

导游说，越南漂亮的女子，有的是美、法混血所生。越南北部曾经是法国的殖民地，南部曾经被美国占领。彼此通婚、习俗渗透、文化交融，加上生活还不很丰腴、又提倡素食健身，同时长期住在临近大海的海岸线上，沾染水的灵性，因而女子大多活泼可爱，楚楚动人。

除女子细腰之外，导游还说出了越南的三个“瘦条”，那就是国土图形瘦条、街道瘦条、房子瘦条。越南的房子都是狭长的，越南的街道，包括首都河内的36条街道都是窄窄的。越南的地形则更加瘦条。你打开越南的地图，就会发现，它是南北向、笔直竖起来的一根玉簪，一根如意。北部为把，稍有分量。中间则又细又长。南部比中部又宽泛一些。当然也有人说它像一片柳叶，狭长而瘦条。我倒是觉得它更像是一条飘荡在中南半岛东部的绿丝带。越南北部与中国接壤，西与老挝、柬埔寨交界，东南面临南海，有着3260多公里的漫长的海岸线。有资料介绍，越南总人口8784万，国土面积为331 210平方公里。它们都位于这根极富动感的飘带上。

漫长的海岸线上，大多长着珊瑚礁和奇峰怪石。它不仅有着丰富的渔业

资源，同时又有优秀的旅游资源。从河内一路回程，天色变好。沿途我们都看到临海的滩涂长满了红树林。这些对海滩有着特殊的情缘的珍贵植物，不仅净化了水质，缓冲了海浪，同时美化了环境。苍茫的天底下，宽阔的海滩上，一片片红树林在接近陆地的滩涂朝气蓬勃的生长着。远远看去一片翠绿、一片葱茏。它们有的集中连片，多达数百亩、数千亩；有的随河道、河滩分布，长成长条形、半月形，甚至圆球形的图案。这些一米多高的红树林大多细叶、细枝，在浅浅的海滩上显得稀稀疏疏、斑驳陆离。即错落有致，又绵延起伏。

夕阳下，一轮红日在西天坠落，将漫长的海岸线笼罩在金色的余晖中。红树林在夕阳的映照下更加郁郁葱葱、精神焕发。入夜，它将被海潮吞没，浸泡在咸咸的海水中。但是，只要第二天能露出水面，见到阳光、吸收到空气，它重又恢复了生机，甚至看不到它曾经遭受海水浸泡的痕迹。

这真是一种可敬的植物。它虽然不高，腰身也不粗壮，但是能屈能伸、随遇而安、无所贪求，甘愿奉献。这不正是与海讨生活，与浪搏斗为生存的所有渔民的本性的写照吗？

近百年来，越南人民在胡志明等老一辈革命家的领导下，赶走了法国、美国等强大的敌人。如今，也和我国一样正在进行“革新开放”。饱受战争创伤的越南人民正在逐步走向富裕。作为当今为数不多的社会主义国家之一，又是山水相连的邻居，我们为此祝福和期待。

六

下龙湾可能是越南最著名的景点之一，也是我们此行的重点。下龙湾景区分为两块：一是海滩；一是海中。海滩在下龙市区。这里是一片银色的海滩，岸边的沙粒细小而色白，光着脚踩在上面蓬松、柔软。岸边有一排排高大瘦条的椰树，椰树的叶子狭长锋利。我们到来时椰树开始挂果。清晨，朝阳透过浓雾从海滩的东侧缓缓地升起来，海滩边陆陆续续地有了游人，他们有的趁早在刚退潮的地方捡贝壳；有的沿着海岸线散步；海滩靠岸的地方，有一排排用椰树叶盖起来的挡雨篷。这些远远看去就像一把油纸伞的雨棚其实遮幅较大，至少可以容纳六七把躺椅。雨篷一字型摆开，躺椅则一排排整齐地放在沙粒中。游人躺在椅子上，面向大海，远眺地平线、迎接迎面涌来的细浪，与朋友、家人在海风中饮酒、絮语实在是一种美妙的享受。

我们来时可能是旅游淡季，好像真花钱坐在那儿看海的人那几天还真不多。有人问了行情。在那里坐两个小时，也就人民币 5 元。岸上有许多的咖啡店、精品屋。只有到了晚上生意才好一些。

同行的有一位女画家兼作家急着

要跟家人发微信聊天，而这里的宾馆里又没有这样的服务设施，于是选择喝咖啡。咖啡店一般都提供国际长途通讯信号服务。我们 4 人便选择了一家临海的咖啡店每人叫了一份咖啡，每份也就 20 块钱，几乎与中国内地最普通的咖啡店一样。越南是咖啡的主产地，自称咖啡王国，在景区喝到这么地道的咖啡实属意外。

朦胧的夜色中我们一边喝着咖啡，一边吹着海风。深处异国他乡，似乎感觉不到人在异乡的陌生和孤寂。

第二天，我们才乘船出海，到海中游玩下龙湾“海上桂林”的奇特景观。所谓“海上桂林”，是指这里的海湾里有像广西桂林一样有造型奇特、拔地而起的奇峰怪石坐落在海水之中。导游说，早在 1991 年，下龙湾海上喀斯特石灰地质即“海湾石林”就被联合国教科文组织批准为世界自然遗产。它具有广西桂林、云南石林共同的特点，是天下难寻的自然景观。怀着强烈的好奇心，我们乘游艇向大海深处挺进。经过大概半个小时的海上行程，我们来到了第一处景点：一个天然溶洞。

下了游艇，沿着台阶爬行几分钟之后，我们便通过一个窄窄的洞口进入到溶洞之中。到了洞里才发现，这里像一个巨型演唱会会场，头顶像一个浑圆的天穹，里面至少可以容纳 3 ～ 5 千人。洞内全是奇形怪状的石钟乳。包括石笋、石耳、石柱……由于灯光不是很亮，游人在里面几乎看不清对方。借着不断闪烁的亮光，我们发现洞内似乎还有更深的洞，一直向下插入。由

于没有开发，不敢贸然探究。从底部向上攀升一段之后，就到了洞的出口。下山后回望洞口则在半山腰。这时，回看这座山怎么也不会相信山里面竟然会藏有溶洞。猜想别的石山中肯定还有类似的溶洞，甚至比这个更大。越南本身就是一个临海、多溶洞的国家，由此可见一斑。

出了溶洞，我们继续乘游艇往海的深处前进。这时，我们看到一座座从海里生出的险峻的山峰。船在海里游，山往两边移。加上山上各种形状的石头惟妙惟肖的造型，让人目不暇接、惊诧不已。不过，最为经典的还是标志性的景观——香炉石和斗鸡石。香炉石像一尊巨型铜鼎，方方正正独自立于水中。铜鼎立于水中的四脚之间似乎相互通透；香炉顶端边缘清晰，两耳齐整，真可谓是天神之作，巧夺天工。而斗鸡石则要站在一定的角度观察。导游老早就提示我们，将最佳的观察角度告诉了我们。可是由于附近经过的游艇多，加上游艇正在行进中，那逼真的一幕转眼之间便消失了。那一刻，两尊各自独立、看上去活像一公一母两只鸡的巨石相视而立，那情形仿佛真的在逗趣、斗嘴。一个伸长脖子，一个突出嘴巴，都昂首挺胸的站着，鼓着腮帮，憋着气，相互对视。此刻他们正斗得难解难分，彼此都不甘示弱。

导游说，斗鸡石是下龙湾海上景点的标志性景物，在全世界都是独一无二的。它为下龙湾获得世界自然遗产这一殊荣立下了汗马功劳。

是的。自然的东西是值得珍惜的，自然景观是地球恩赐给人类的宝贵财富。它给人们美的享受。为了一睹它的风采，人们不惜旅途疲劳，不惜远行千里。

下龙湾海上石林景区游艇如织。这里山峦叠嶂，奇峰秀险。这里经常有冷不定凸起的一块有模有样的巨石，它立于水上，峥嵘剔透。还有水上渔村，水上超市，有捕鱼的小舟，这一切，都笼罩在薄薄的云雾中，使人觉得景象万千，飘飘欲仙。

在游艇上吃过简单的渔家宴之后，我们继续在山与山之间的海里游览着，大概 3 个小时，我们才回到了岸边码头。上了岸，我们还不时地朝海中回眸，那里真是一个仙境，每一个来这里游玩的人恐怕都会记着它。

七

在下龙市下榻的宾馆住下的时候，我们的记忆还停留在大海深处看到的那一幕幕景象。

客房里的电视似乎没有闭路，信号不是很稳定，频道也不多。我从仅有的五六个可以看出节目的频道中选择了一个新闻频道看了一个时辰。我发现，在越南的时政新闻里几乎每一个国家领导人在场的会议、视察新闻里几乎都出现已故领袖胡志明画像或是雕塑的镜头。虽然我们不知道新闻说的是什么，但是，通过画面我们感觉到在越南这个国度里，胡志明以及老一辈革命家的影响力还是根深蒂固的。当晚，我们还看到一则这样的新闻，越南一位高官手带镣铐在法庭接受审判之后被押进囚车，这样的画面我们是很少能见到的。

越南的电视里也播放文艺节目，所不同的是，他们的明星大多感情朴实，衣着也不是很华丽，没有矫情、没有卖弄和作践。电视剧中也有反映婚外情内容的，可是，始作俑者、婚外情的女主人的扮演者没有洋洋得意，也没有卖弄风骚。而是担惊受怕、自责悔恨。中国的所谓家庭室内剧中，女主角擅自扇男人耳光的镜头越来越多。面对婚外情束手无策，蓄意破坏别人家庭的人没有遭到谴责的现象越来越普遍。我看到的这部电视剧，人民对受害者充满了同情，对第三者的谴责也是有力和无情的。这在某种程度上是社会现实的反映，更是民众信仰缺失、价值观偏颇的写照。

越南作为一个社会主义国家，早在多年前就像中国一样全额减免了农民的皇粮赋税。这让我们这些中国游客都觉得意外。导游说，现在不少越南人都很有钱，但是，不像中国人一样大手大脚，而是把钱积攒起来用于过日子。越南是个农业国，其中渔民不少。他们靠海吃海，在海上日复一日、年复一年地颠簸着。日子还是很艰难的。

在下龙湾海景区，我们就邂逅了这一幕。当我们的游艇正在向海湾景区行进时，突然出现一条推销水果的小渔船。船上，一位中年妇女正在船舱里把舵，船顶平台上一个十五六岁的小女孩光着脚孤零零地站着，手举一挂香蕉向正在行进中的游艇上的游客出售。小船与游艇隔着一段距离，船顶只是一块甲板，四周没有护栏。海浪起伏，小船颠簸，小女孩在船顶上摇摇晃晃，实在让人担忧。这时，一位60来岁的老太，示意中年妇女将船靠近游艇，她则突然放下木桨，掏出一根带钩的绳索，高高举起想挂在与之渐渐地靠近的游艇上，可能是游艇速度较快，也可能是挂钩的那一刻位置没有找准，总之，老人没有将绳索挂靠到我们所在的这艘游艇上。小船渐渐地离游艇而去。就在离去的那一瞬间，我发现，那位精瘦、满脸皱纹，头发花白的老人竟然失去了一只眼睛。她一脸沮丧的离开的时候，我的心情异常沉重。

导游在这之前，反复提醒我们，

不要把贵重物品放在游艇靠窗的地方。途中可能有不少小商贩会趁机将客人的物品偷走。我们都觉得似乎不可能，这毕竟是在海上。想不到，其实这些在海上谋生的人生活得还真是艰难。至少这条船上的老奶奶、中年妇女、小姑娘（估计是祖孙三代）这一次并没有对我们袭扰。而她们努力与游艇靠近的情形，特别是小女孩在船顶晃荡的模样让我久久不能淡忘。假如他们真的来到游艇，不作出格的事，我想每个人都会主动的帮她，至少我会。

事隔数天，那一幕还不时地浮现在眼前。

惦念的同时只好在心底遥祝这祖孙三人天天平安，生活由此变得美好……